रोल्ड डाल

चार्ली ऐंड द चॉकलेट फ़ैक्ट्री

अनुवाद : पवनप्रीत सलूजा

चित्रांकन : क्वेंटीन ब्लेक

MANJUL

मंजुल पब्लिशिंग हाउस

रोल्ड डाल एक जासूस, कुशल लड़ाकू पायलट, चॉकलेट इतिहासविद् और चिकित्सा आविष्कारक रहे। वह *चार्ली ऐंड द चॉकलेट फ़ैक्ट्री, मटिल्डा, द बीएफ़जी* तथा कई अन्य शानदार कहानियों के लेखक हैं। **वह दुनिया के नंबर वन कथाकार हैं।**

क्वेंटीन ब्लेक ने तीन सौ से अधिक किताबों में चित्रांकन किया है और रोल्ड डाल के पसंदीदा चित्रकार हैं। 1980 में उन्होंने प्रतिष्ठित केट ग्रीनअवे मैडल जीता। 1999 में वह सबसे पहले बाल पुरस्कार विजेता बने और 2013 में उन्हें चित्रांकन संबंधी सेवाओं के लिए नाइटहुड से नवाज़ा गया।

परिचय

चार्ली
बकेट

मिस्टर
विली
वोंका

अगस्टस
ग्लूप

माइक
टीवी

वेरुका
सॉल्ट

ऊंपा-लूंपा

वायलेट
बॉरेगार्ड

MANJUL

मंजुल पब्लिशिंग हाउस

कॉरपोरेट एवं संपादकीय कार्यालय

• द्वितीय तल, उषा प्रीत कॉम्प्लेक्स, 42 मालवीय नगर, भोपाल-462 003

विक्रय एवं विपणन कार्यालय

• सी-16, सेक्टर 3, नोएडा, उत्तर प्रदेश, 201301

वेबसाइट : www.manjulindia.com

वितरण केन्द्र

अहमदाबाद, बेंगलुरू, भोपाल, कोलकाता, चेन्नई,
हैदराबाद, मुम्बई, नई दिल्ली, पुणे

रोल्ड डाल द्वारा लिखित मूल अंग्रेजी पुस्तक
चार्ली ऐंड द चॉकलेट फ़ैक्ट्री का हिन्दी अनुवाद

Charlie and the Chocolate Factory by Roald Dahl – Hindi edition

यह हिन्दी संस्करण 2022 में पहली बार प्रकाशित

ISBN 978-93-5543-067-0

अनुवाद : पवनप्रीत सलूजा
चित्रांकन : क्वेंटीन ब्लेक

मुद्रण व जिल्दसाज़ी : थॉमसन प्रेस (इंडिया) लिमिटेड

थियो को

अनुक्रम

इस पुस्तक में पाँच बच्चे हैं :

अगस्टस ग्लूप
एक लालची लड़का

वेरुका सॉल्ट
अपने माँ-बाप द्वारा बिगाड़ी गई लड़की

वायलेट बॉरेगार्ड
एक लड़की जो दिनभर गम चबाती रहती है

माइक टीवी
एक लड़का जो टीवी देखने के सिवाय कुछ नहीं करता

और

चार्ली बकेट
हीरो

1

लो चार्ली आ गया

ये वृद्ध दंपति मिस्टर बकेट के माता-पिता हैं। उनका नाम ग्रैंडपा 'जो' और ग्रैंडमा जोसफ़िन है।

और ये वृद्ध दंपति मिसेज़ बकेट के माता-पिता हैं। उनका नाम ग्रैंडपा जॉर्ज और ग्रैंडमा जॉर्जीना है।

यह मिस्टर बकेट हैं। यह मिसेज़ बकेट हैं।

मिस्टर और मिसेज़ बकेट का एक छोटा लड़का है, जिसका नाम चार्ली बकेट है।

यह चार्ली है।

आप कैसे हैं? और आप कैसे हैं? एक बार फिर, आप कैसे हैं? उसे आपसे मिलकर खुशी हुई है।

यह पूरा परिवार; यानी छः वयस्क (आप गिन सकते हैं) और नन्हा चार्ली बकेट; एक बड़े शहर के किनारे लकड़ी के छोटे-से मकान में एक साथ रहते हैं।

स्वाभाविक रूप से इतने सारे लोगों के हिसाब से यह घर बहुत ज़्यादा बड़ा नहीं था। ऐसे में कहा जा सकता है कि उन सबका जीवन बेहद असुविधाजनक परिस्थितियों में गुज़र रहा था। ले-देकर इस घर में सिर्फ़ दो कमरे और एक पलंग था। और यह पलंग चारों बुज़ुर्गों यानी दादा-दादी और नाना-नानी को दे दिया गया था। हो भी क्यों ना, वे बहुत बूढ़े थे और थके हुए भी थे। वास्तव में वे इतना ज़्यादा थक चुके थे कि वे कभी बिस्तर से बाहर निकला ही नहीं करते थे।

जहाँ पलंग के एक तरफ़ ग्रैंडपा 'जो' और ग्रैंडमा जोसफ़िन बैठे हुए रहते थे, तो वहीं दूसरी तरफ़ ग्रैंडपा जॉर्ज और ग्रैंडमा जॉर्जीना आराम फ़रमाया करते थे।

मिस्टर और मिसेज़ बकेट और नन्हा चार्ली बकेट दूसरे कमरे में ज़मीन पर बिछे एक गद्दे पर सोया करते थे।

अब गर्मियों के मौसम में तो यह उतना कष्टदायक नहीं महसूस होता था। लेकिन जाड़े के मौसम में जमा देनी वाली ठंडी हवा रह-रहकर फ़र्श से बहती हुई महसूस होती थी। कहने की ज़रूरत नहीं कि यह अत्यंत पीड़ादायक मालूम पड़ता था।

उन लोगों के लिए एक बेहतर घर ख़रीद पाने का प्रश्न ही नहीं उठता था। यहाँ तक कि एक दूसरा पलंग ख़रीद पाना भी उनके लिए संभव नहीं था। वे इतने ग़रीब थे कि इतना कर पाना भी उनके बस में नहीं था।

परिवार में केवल मिस्टर बकेट के पास नौकरी थी। वह एक टूथपेस्ट फ़ैक्ट्री में नौकरी किया करते थे। उनका काम क्या था, बस पूरे दिन एक बेंच पर बैठकर टूथपेस्ट से भरे हुए ट्यूबों पर ढक्कन कसना। लेकिन टूथपेस्ट पर ढक्कन कसने वाले व्यक्ति को ज़्यादा वेतन कहाँ मिल पाता है। सो, बेचारे मिस्टर बकेट; वह कितनी भी मेहनत किया करते, और वह कितनी भी तेज़ी के साथ टूथपेस्ट ट्यूबों पर ढक्कन कसा करते, वह कभी भी इतना धन नहीं कमा पाते थे कि इतने बड़े परिवार की आधी ज़रूरतों को भी पूरा कर पाएँ। उनके पास सबको भरपेट भोजन खिला पाने तक के लिए भी पर्याप्त रक़म नहीं होती थी। नाश्ते में ब्रेड और मार्जरीन, दिन के खाने में उबले हुए आलू और पत्तागोभी और रात में पत्तागोभी का सूप; वे बस इतना ही भोजन ख़रीद पाने में समर्थ थे। हालाँकि रविवार का दिन थोड़ा बेहतर होता था।

निश्चित रूप से सब-के-सब रविवार का इंतज़ार किया करते थे। हालाँकि उस दिन भी भोजन में वही सब होता था, लेकिन फ़र्क़ सिर्फ़ इतना था कि हर किसी को दूसरी बार भोजन लेने की अनुमति थी।

बेशक बकेट परिवार भूखों नहीं मर रहा था, लेकिन हर कोई; यानी दोनों दादा-दादी, नाना-नानी, चार्ली के माता-पिता और ख़ासकर नन्हा चार्ली खुद; सुबह से लेकर रात तक पेट में एक तीव्र ख़ालीपन का अहसास ज़रूर करता था।

लेकिन सबसे ज़्यादा तकलीफ़ चार्ली को ही होती थी। हालाँकि उसके माता-पिता अक्सर दिन या रात को अपने हिस्से का भोजन नहीं खाते थे, ताकि वे उसे चार्ली को खिला सकें। लेकिन निश्चित रूप से एक बड़े होते हुए बालक के हिसाब से यह कभी पर्याप्त नहीं हो पाता था। और इस वजह से चार्ली के अंदर कुछ खाने की व्याकुलता बनी रहती थी; कुछ ऐसा जो उसे पत्तागोभी और पत्तागोभी के सूप से ज़्यादा संतोष महसूस करा पाए। और एक चीज़ जो उसे हर चीज़ से अधिक भाती थी, वह थी... **चॉकलेट।**

सुबह-सुबह स्कूल जाते समय चार्ली को दुकानों की खिड़कियों पर चॉकलेट के बड़े-बड़े स्लैब एक के ऊपर एक रखे हुए नज़र आते थे। वाकई वह नज़ारा कुछ ऐसा होता था कि चार्ली वहीं रुक जाता था और काँच पर अपनी नाक गड़ाकर अंदर ताकने लगता था। उसके मुँह से लार टप-टप टपकती रहती थी। दिन में कई बार वह दूसरे बच्चों को अपनी जेब से क्रीमी चॉकलेट की बार को बाहर निकालकर और उन्हें लालचियों की तरह उसे चपर-चपर खाते हुए देखता था। वास्तव में यह उसके लिए विशुद्ध रूप से किसी यातना से कम नहीं था।

पूरे साल में केवल एक बार चार्ली को थोड़ी चॉकलेट चखना नसीब हो पाती थी। वह अवसर होता था, उसका जन्मदिन। दरअसल, पूरा परिवार इस ख़ास मौक़े के लिए पैसे जोड़ता रहता था। और फिर जब वह ख़ास दिन आता था तब चार्ली को एक छोटा चॉकलेट बार भेंट किया जाता था। कहने की ज़रूरत नहीं वह चॉकलेट बार सिर्फ़ उसके खाने के लिए होता था। दिलचस्प बात यह थी कि जन्मदिन की उन अनोखी सुबहों को जब उसे वह चॉकलेट बार मिलता था तो वह उसे लकड़ी से बने एक छोटे-से बक्से में सहेज कर रख लेता था। वह उस चॉकलेट बार को इस तरह संजो कर

रखता था कि मानो वह ठोस सोने की पट्टी हो। अगले कुछ दिनों के लिए वह खुद को उसे सिर्फ़ देखने भर की इजाज़त देता था। यहाँ तक कि वह उसे छूता भी नहीं था। फिर आख़िरकार उसके लिए बर्दाश्त करना मुश्किल हो जाता था। तब कहीं जाकर वह चॉकलेट बार से लिपटे हुए काग़ज़ को किनारे से हल्का-सा फाड़ता था। और फिर चॉकलेट का छोटा-सा टुकड़ा मुँह में लेता और उसे आहिस्ता-आहिस्ता कुतरना शुरू करता; बस उतना ही छोटा टुकड़ा कि चॉकलेट की प्यारी मिठास उसकी जीभ पर आहिस्ता-आहिस्ता फैल जाए। और अगले दिन वह फिर एक छोटा टुकड़ा काटता था, और यह सिलसिला आने वाले कई दिनों तक चलता रहता था। इस प्रकार चार्ली अपने जन्मदिन पर मिली छः पेनी की क़ीमत वाले चॉकलेट बार को एक महीने से ज़्यादा समय तक चलाता रहता था।

लेकिन अब तक मैंने आपको उस एक अप्रिय बात के संबंध में कुछ नहीं बताया; वह बात जो चॉकलेट के प्रेमी नन्हे चार्ली को बहुत सताती थी। और यह बात उसके लिए दुकानों की खिड़कियों पर चॉकलेट का स्लैब देखने और दूसरे बच्चों को अपने सामने क्रीमी चॉकलेट बार को चपर-चपर खाते हुए देखने से ज़्यादा बदतर थी। और यह बात कल्पना से कहीं ज़्यादा अधिक यातना देने वाली थी। और वह यह थी :

दरअसल, उसी शहर में, और चार्ली जिस घर में रहता था उसके बहुत समीप एक **बहुत विशाल चॉकलेट फ़ैक्ट्री थी।**

ज़रा कल्पना कीजिए!

और यह कोई ऐसी-वैसी विशाल चॉकलेट फ़ैक्ट्री नहीं थी। दूसरे शब्दों में कहा जाए तो यह कोई साधारण फ़ैक्ट्री नहीं थी। यह दुनिया की सबसे बड़ी और सबसे अधिक प्रसिद्ध फ़ैक्ट्री थी! दरअसल, यह **वोंका की फ़ैक्ट्री थी।** इसके मालिक का नाम था **मिस्टर विली वोंका**। उनके सरीखा चॉकलेट का निर्माता और महान आविष्कारक कभी कोई नहीं हुआ था। और वास्तव में यह फ़ैक्ट्री बहुत ही निराली और अद्भुत जगह थी। उसके अंदर जाने का रास्ता बड़े लोहे के गेट से जाता था। और वह ऊँची-ऊँची दीवारों से घिरी हुई थी। उसकी चिमनी से धुआँ उठता हुआ नज़र आता था। और उस जगह के भीतर से अजीबोगरीब भन-भन करती हुई आवाज़ सुनाई देती थी। यही नहीं, उस फ़ैक्ट्री से चारों दिशाओं में आधा-आधा मील दूर तक पिघलती हुई चॉकलेट की तेज़ गंध हवा में फैलती रहती थी!

दिन में दो बार; यानी स्कूल जाते वक़्त और वहाँ से लौटते समय; नन्हे चार्ली बकेट को फ़ैक्ट्री के गेट के सामने से गुज़रना पड़ता था। और हर बार जब वह वहाँ से गुज़रता था तो वह अपने चलने की गति अत्यंत धीमी कर लेता था। वह अपनी नाक को ऊपर उठाता था और हवा में चारों और फैली चॉकलेट की दिलकश महक को गहरी लंबी साँसें लेते हुए महसूस करता था।

ओह, उसे इस गंध से कितना प्यार था!

और ओह! वह कितना ज़्यादा चाहता था कि वह उस फ़ैक्ट्री में जा पाए और देख पाए कि वहाँ क्या है।

2

मिस्टर विली वोंका की फ़ैक्ट्री

हर रोज़ शाम के समय भोजन के तौर पर पत्तागोभी का पतला सूप खाने के बाद चार्ली अपने दादा-दादी और नाना-नानी के कमरे में उनसे कहानियाँ सुनने पहुँच जाता था। फिर वह बाद में एक बार और उन्हें गुड नाइट कहने के लिए भी जाता था।

चारों-के-चारों बुज़ुर्गों की आयु नब्बे वर्ष से ऊपर हो चुकी थी। सब-के-सब सूखे बेर की तरह मुरझा चुके थे। और कंकाल की तरह हड्डीदार हो गए थे। चार्ली के आगमन से पहले उनका पूरा दिन अपने पलंग में सिकुड़कर बैठे हुए ही बीतता था। दो बूढ़ा-बूढ़ी पलंग की एक तरफ़ और दो बूढ़ा-बूढ़ी पलंग की दूसरी तरफ़। वे पूरा दिन नाइटकैप पहने रहते थे ताकि उनके सिरों में गर्माहट बनी रहे। और चूँकि उनके पास करने के कुछ काम तो था नहीं, सो बस वे सब दिन भर ऊँघते रहते थे। लेकिन जैसे ही उन्हें दरवाज़ा खुलने की आवाज़ आती, और फिर चार्ली की आवाज़ आती, "गुड ईवनिंग, ग्रैंडपा 'जो' और ग्रैंडमा जोसफ़िन, और ग्रैंडपा जॉर्ज और ग्रैंडमा जॉर्जीना" तो चारों-के-चारों अचानक से उठ कर बैठ जाते थे। उनके बूढ़े झुर्रीदार चेहरे प्रसन्नता-भरी मुस्कान से चमक उठते थे - और फिर बातचीत शुरू हो जाती थी। दरअसल, वे सब उस नन्हे लड़के से बहुत प्यार करते थे। वास्तव में उन लोगों के जीवन में चार्ली ही एक चमकती हुई चीज़ था। और हर शाम को उसके साथ होने वाली मुलाक़ातों का सब दिनभर इंतज़ार किया करते थे। अक्सर, चार्ली के माता-पिता भी साथ चले आते थे। दोनों दरवाज़े के पास खड़े हो जाते थे और उन बुज़ुर्गों द्वारा सुनाई जा रही कहानियाँ सुना करते थे। कहा जा सकता है कि इस प्रकार हर रात शायद आधे घंटे के लिए यह कमरा एक खुशनुमा जगह में तब्दील हो जाता था। इस दौरान पूरा परिवार यह भूल जाता था कि वह भूखा और ग़रीब है।

एक शाम की बात है, जब चार्ली अपने दादा-दादी और नाना-नानी से मिलने गया। उसने उनसे पूछा, “क्या यह सच है कि वोंका की चॉकलेट फ़ैक्ट्री दुनिया की सबसे बड़ी फ़ैक्ट्री है?”

“सच है,” सबने एक स्वर में कहा। “बेशक, यह सही है! अरे! क्या तुम्हें यह पता नहीं था? वह दुनिया में किसी भी दूसरी चॉकलेट फ़ैक्ट्री से 50 गुना अधिक बड़ी है!”

“और क्या मिस्टर विली वोंका सचमुच दुनिया के सबसे बुद्धिमान चॉकलेट निर्माता हैं?”

“मेरे प्यारे लड़के,” इतना कहते हुए ग्रैंडपा ‘जो’ ने तकिए पर खुद को थोड़ा ऊपर उठाया। “दुनिया ने आज तक जितने भी चॉकलेट निर्माता देखे हैं, उन सब में मिस्टर विली वोंका सबसे अद्भुत, सबसे विलक्षण और सबसे निराले हैं! मैं सोचता था कि हर कोई यह बात जानता है!”

“मैं जानता था कि वह प्रसिद्ध हैं, ग्रैंडपा ‘जो’ और मैं जानता था कि वह बहुत बुद्धिमान हैं...”

"बुद्धिमान!" बूढ़े ग्रैंडपा ने कहा। "वह उससे कहीं ज़्यादा है। वह चॉकलेट के जादूगर हैं। वह कुछ भी बना सकते हैं; जो भी वह चाहें! क्या यह सच नहीं है, माय डियर्स?"

बाक़ी तीनों वृद्ध लोगों ने आहिस्ता-आहिस्ता अपना सिर हाँ में ऊपर-नीचे हिलाया, और कहा, "बिलकुल सही। पूरी तरह से सही बात है।"

और ग्रैंडपा 'जो' ने कहा, "तुम्हारे कहने का मतलब यह है कि मैंने तुम्हें मिस्टर विली वोंका और उनकी फ़ैक्ट्री के बारे में नहीं बताया है।"

"कभी नहीं," नन्हे चार्ली ने जवाब में कहा।

"अरे भगवान! पता नहीं मेरे साथ क्या समस्या है!"

"ग्रैंडपा 'जो,' क्या आप अभी मुझे इसके बारे में बताएँगे, प्लीज़?"

"मैं ज़रूर बताऊँगा। आओ बच्चे, पलंग पर मेरे पास बैठ जाओ और ध्यान से सुनो।"

चारों बुजुर्गों में ग्रैंडपा 'जो' सबसे ज़्यादा उम्रदराज थे। उनकी उम्र साढ़े छियानबे वर्ष थी। दूसरे शब्दों में वह बहुत बूढ़े हो चुके थे। और दूसरे

बहुत बुज़ुर्ग लोगों की तरह ही वह काफ़ी नाजुक और कमज़ोर हो चुके थे। दिनभर वह बहुत कम बातचीत करते थे। लेकिन शाम के वक़्त जब उनका प्यारा पोता चार्ली कमरे में होता था तब ऐसा लगता था कि वह किसी अद्भुत तरीक़े से वापस युवा हो गए हैं। उनकी सारी थकान छू हो जाती थी। और वह किसी युवा लड़के की तरह उत्सुक और उत्साहित हो जाते थे।

"ओह! यह मिस्टर विली वोंका, वह क्या कमाल के आदमी हैं," ग्रैंडपा 'जो' ने उत्साहित होते हुए कहा। "मिसाल के लिए क्या तुम्हें पता है कि उन्होंने खुद अकेले ही दो सौ से अधिक नए प्रकार के चॉकलेट बारों का आविष्कार किया है। हर चॉकलेट बार बिलकुल अलग होता है। दूसरी चॉकलेट फ़ैक्ट्रियाँ जो चॉकलेट बार बनाती हैं उनसे कहीं अधिक मीठे, कहीं ज़्यादा क्रीम से भरे हुए और कहीं अधिक स्वादिष्ट।"

"बिलकुल सही!" ग्रैंडमा जोसफ़िन ने कहा। "और वह उन्हें दुनिया के चारों कोनों तक भेजता है। ऐसा है ही ना, ग्रैंडपा 'जो'?"

"हाँ, भाग्यवान, बिलकुल ऐसा ही है। और वह उन्हें दुनिया के सभी राजाओं और राष्ट्रपतियों को भी भेजते हैं। लेकिन वह सिर्फ़ चॉकलेट नहीं बनाते हैं। ओह, नहीं बाबा, नहीं! उन्हें कई अद्भुत आविष्कार करने का श्रेय जाता है। वास्तव में मिस्टर विली वोंका ने कई अद्भुत आविष्कार किए हैं। क्या तुम्हें पता है कि उन्होंने चॉकलेट आइसक्रीम बनाने का एक ऐसा तरीक़ा ईज़ाद किया है कि उसे फ्रिज़ में रखे बिना भी वह घंटों तक ठंडी रह सकती है? तुम उसे किसी गर्म दिन तपती हुई धूप में पूरी सुबह छोड़ सकते हो, लेकिन वह पिघलेगी नहीं।"

"लेकिन यह असंभव है!" नन्हे चार्ली ने अपने दादा को एकटक देखते हुए कहा।

"बेशक, यह संभव है," ग्रैंडपा 'जो' ने कहा। "यह बिलकुल बेतुका लगता है। लेकिन मिस्टर विली वोंका ने यह कर दिखाया है!"

"बिलकुल सही," बाक़ी सब लोगों ने सहमति में सिर हिलाते हुए कहा। "मिस्टर वोंका ने यह कर दिखाया है।"

"और फिर," अब ग्रैंडपा 'जो' बहुत धीरे-धीरे बोल रहे थे ताकि चार्ली एक भी शब्द चूक नहीं जाए। "मिस्टर विली वोंका ऐसी 'मार्शमैलो' मिठाई

बना सकते हैं, जिसका स्वाद फूलों के जैसा होता है। यही नहीं, वह ऐसी 'कारमल' मिठाई भी बना सकते हैं, जो चूसते समय हर दस सेकेंड में अपना रंग बदलती है। इसी तरह वह छोटी-छोटी हल्की-फुल्की मिठाइयाँ बना सकते हैं, जो होंठों के बीच में डालते ही उसी क्षण पिघल जाती हैं। और-तो-और वह ऐसी च्युइंग गम बनाना जानते हैं, जिसका स्वाद कभी ख़त्म नहीं होता है। इतना ही नहीं उन्हें ऐसा शुगर बैलून बनाना आता है, जिसे तुम विशालकाय आकार में फुला सकते हो, और फिर सुई चुभो कर उसे फोड़कर उसे निगल सकते हो। यह सब तो ठीक लेकिन एक बहुत ही रहस्यमय तरीक़े से वह ब्लूबर्ड के अंडे बनाना जानते हैं। उस पर काले निशान बने हुए होते हैं। और जब इन अंडों को तुम अपने मुँह पर रखते हो तब उनका आकार खुद-ब-खुद छोटा होने लगता है। वह तब तक छोटा होता चला जाता है, जब तक कि अचानक तुम्हारे जीभ की नोक पर एक छोटी-सी गुलाबी रंग की चिड़िया के सिवा कुछ नहीं रह जाता।"

बोलते-बोलते ग्रैंडपा 'जो' अचानक ठहर गए। फिर उन्होंने अपनी जीभ की नोक को अपने होंठों के चारों ओर घुमाया। "उसका सिर्फ़ ख़याल भी आते ही मेरे मुँह में पानी आ जाता है," उन्होंने कहा।

"मेरे भी," नन्हे चार्ली ने कहा। "लेकिन प्लीज़, आगे बताते रहिए।"

जब वे बातें कर रहे थे तब मिस्टर और मिसेज़ बकेट यानी चार्ली के माता-पिता धीरे-से कमरे आ गए थे। और फ़िलहाल दोनों दरवाज़े के अंदर खड़े होकर सुन रहे थे।

"चार्ली को उस सनकी भारतीय राजकुमार के बारे में बताओ," ग्रैंडमा जोसफ़िन ने कहा। "उसे उसके बारे में सुनना पसंद आएगा।"

"तुम्हारा मतलब प्रिंस पॉन्डिचेरी से है?" ग्रैंडपा 'जो' ने कहा और मुँह दबा कर हँसने लगे।

"बिलकुल दीवाना था!" ग्रैंडपा जॉर्ज ने कहा।

"लेकिन बहुत अमीर भी," ग्रैंडमा जॉर्जीना ने कहा।

"उसने क्या किया था?" चार्ली ने उत्सुकतापूर्वक पूछा।

"सुनो," ग्रैंडपा 'जो' ने कहा।

3

मिस्टर वोंका और भारतीय राजकुमार

"प्रिंस पॉन्डिचेरी ने मिस्टर विली वोंका को एक चिट्ठी लिखी थी," ग्रैंडपा 'जो' ने कहा, "उसने उनसे भारत आने और उसके लिए चॉकलेट से बना एक विशाल महल बनाने के लिए कहा था।"

"क्या मिस्टर वोंका ने वह किया, ग्रैंडपा?"

"वास्तव में उन्होंने वह बनाया था। और वाकई क्या शानदार महल था वह! उस महल में सौ कमरे थे। हर चीज़ डार्क या लाइट चॉकलेट की बनी हुई थी! उसकी ईंटें चॉकलेट की बनी हुई थीं। उसे थामकर रखने के लिए सीमेंट भी चॉकलेट से बना हुआ था। यही नहीं उसकी खिड़कियाँ भी चॉकलेट की बनी हुई थीं। उसकी सभी दीवारें और छत भी चॉकलेट की बनी हुई थीं। और-तो-और वहाँ पर बिछी कालीनें, तसवीरें, फ़र्नीचर और पलंग भी चॉकलेट की बना हुआ था। और जब कोई बाथरूम के नलों को खोलता तो उसमें से गरम-गरम चॉकलेट बाहर आती थी।"

"जब सारा काम समाप्त हो गया, मिस्टर वोंका ने प्रिंस पॉन्डिचेरी से कहा कि हालाँकि मैं तुम्हें आगाह करना चाहता हूँ कि यह बहुत लंबे समय तक टिक नहीं पाएगा। इसलिए बेहतर है कि तुम इसे अभी से खाना शुरू कर दो।"

"बकवास!" प्रिंस ने चिल्लाते हुए कहा। "मैं अपने महल को खाने वाला नहीं हूँ! मैं इसकी सीढ़ियों तक को कुतरने वाला नहीं हूँ! और ना ही मैं इसकी दीवारों को चाटने ही वाला हूँ! मैं इसमें रहने वाला हूँ!"

"लेकिन वास्तव में मिस्टर वोंका सही थे। क्योंकि कुछ दिनों बाद एक बहुत ही गर्म दिन आया। उस दिन सूरज उबल रहा था। देखते-ही-देखते

पूरा महल पिघलना शुरू हो गया। और फिर वह महल आहिस्ता-आहिस्ता ज़मीन में समा गया। उधर वह सनकी राजकुमार उस समय अपने बैठक कक्ष में ऊँघ रहा था। उसकी नींद खुली तो उसने खुद को चॉकलेट की भूरे रंग की विशाल चिपचिपी झील में तैरते हुए पाया।"

नन्हा चार्ली पलंग के किनारे बिलकुल निस्तब्ध होकर बैठा हुआ था। वह अपने दादा को टकटकी लगाकर देखे जा रहा था। उसका चेहरा चमक रहा था। उसकी आँखें तन कर इस प्रकार चौड़ी हो गई थीं कि उनकी सफ़ेद सतह सुस्पष्ट नज़र आ रही थी। "क्या यह सब वाकई सच है?" उसने पूछा। "या फिर आप मेरी टाँग खींच रहे हैं?"

"यह सच है!" चारों बुजुर्गों ने एक स्वर में कहा। "बेशक, यह सच है! तुम चाहो तो किसी से भी पूछ सकते हो!"

"मैं तुम्हें कुछ और भी बताऊँगा जो सच है," ग्रैंडपा 'जो' ने कहा। यह कहते हुए अब वह चार्ली के नज़दीक झुक गए। उनकी आवाज़ धीमी होकर एक मंद और गुप्त फुसफुसाहट में तब्दील हो गई। "कोई भी...कभी... बाहर...नहीं आता है!"

"कहाँ से बाहर नहीं आता है?" चार्ली ने कहा।

"और...कोई भी...कभी...भीतर...जाता नहीं है!"

"भीतर, कहाँ?" चार्ली ने पूछा।

"वोंका की फ़ैक्ट्री में। बेशक!"

"ग्रैंडपा, आपका क्या मतलब है?"

"मेरा मतलब कर्मचारियों से है, चार्ली?"

"कर्मचारी?"

"सभी फ़ैक्ट्रियों में," ग्रैंडपा 'जो' ने कहा, "उनके गेटों से सुबह कर्मचारी अंदर जाते हैं और शाम को बाहर आते हैं; सिवाय वोंका की फ़ैक्ट्री से। क्या तुमने कभी किसी भी व्यक्ति को अंदर जाते हुए देखा है; या फिर बाहर आते हुए?"

नन्हे चार्ली ने आहिस्ता-आहिस्ता चारों बूढ़े चेहरों पर नज़र घुमाई। उसने बारी-बारी सभी के चेहरों को देखा। और उन सब लोगों ने उसे वापस देखा। उनके चेहरों पर एक मोहक मुस्कान बिखरी हुई थी, लेकिन वे सब

काफ़ी गंभीर नज़र आ रहे थे। किसी के चेहरे पर परिहास करने या फिर टाँग खींचने का भाव नज़र नहीं आ रहा था।

"ख़ैर? क्या तुम?" ग्रैंडपा 'जो' ने पूछा।

"मैं...मैं वाकई नहीं जानता, ग्रैंडपा," चार्ली ने हकलाते हुए कहा। "जब भी मैं फ़ैक्ट्री के पास से गुज़रता हूँ उसके गेट हमेशा बंद नज़र आते हैं।"

"बिलकुल सही!" ग्रैंडपा 'जो' ने कहा।

"लेकिन वहाँ लोग ज़रूर काम करते होंगे..."

"लोग नहीं, चार्ली। किसी भी हाल में, साधारण लोग तो बिलकुल नहीं।"

"तो फिर, कौन?" चार्ली ने कहा।

"आह-हा...यही तो, तुम देख रहे हो... यह मिस्टर विली वोंका की बुद्धिमानी का एक और नमूना है।"

"चार्ली, बेटे," दरवाज़े के पास खड़ीं मिसेज़ बकेट ने उसे आवाज़ लगाई, "सोने का वक़्त हो गया है। आज रात के लिए इतना काफ़ी है।"

"लेकिन, माँ, मुझे यह ज़रूर सुनना चाहिए..."

"कल, मेरे बच्चे..."

"यह सही है," ग्रैंडपा 'जो' ने कहा। "मैं तुम्हें बाक़ी की बात कल शाम को बताऊँगा।"

4

गुप्त कर्मचारी

अगली शाम ग्रैंडपा 'जो' ने अपनी कहानी ज़ारी रखी।

"देखो, चार्ली," उन्होंने कहा, "इस बात को बहुत ज़्यादा समय नहीं हुआ है। मिस्टर विली वोंका की फ़ैक्ट्री में हज़ारों लोग काम करते थे। फिर एक दिन अचानक मिस्टर वोंका ने हर किसी को घर जाने के लिए कह दिया। कभी भी वापस नहीं आने के लिए।"

"लेकिन क्यों?" चार्ली ने पूछा।

"जासूसों की वजह से।"

"जासूस?"

"हाँ। हुआ यूँ कि मिस्टर वोंका द्वारा बनाई जा रही शानदार मिठाइयों की वजह से दूसरे सभी चॉकलेट निर्माताओं को जलन होने लगी थी। फिर क्या था, उन्होंने मिस्टर वोंका की गुप्त रेसेपियों को चुराने के लिए जासूस भेजने शुरू कर दिए। उन जासूसों ने मिस्टर वोंका की फ़ैक्ट्री में काम पकड़ लिया और साधारण कर्मचारियों की तरह काम करना शुरू कर दिया। हर किसी ने वहाँ रहने के दौरान किसी एक ख़ास चीज़ को कैसे बनाया जाता है इस बात का पता लगा लिया।"

"और क्या उन सबने अपनी फ़ैक्ट्रियों में वापस जाकर बताया?" चार्ली ने पूछा।

"अवश्य ही उन्होंने ऐसा किया होगा," ग्रैंडपा 'जो' ने जवाब में कहा। "क्योंकि कुछ समय बाद ही फ़िक्लग्रूबर की फ़ैक्ट्री ने एक ऐसी आइसक्रीम बनानी शुरू कर दी थी, जो तेज़ धूप में भी पिघलती नहीं थी। फिर मिस्टर प्रोडनोज़ की फ़ैक्ट्री एक ऐसी च्युइंग गम लेकर आई, जिसका स्वाद कभी कम नहीं होता था, चाहे उसे कितना भी चबा लिया जाए। यह क्या कम था कि फिर मिस्टर स्लग्वर्थ की फ़ैक्ट्री ऐसे शुगर बैलून बनाने लगी, जिसे तुम

विशालकाय आकार में फुला सकते हो, और फिर सुई चुभो कर उसे फोड़कर निगल सकते हो। फिर क्या होना था, मिस्टर वोंका ने अपनी दाढ़ी नोच ली। वह चिल्लाने लगे कि यह बहुत ही बुरा हुआ! मैं बर्बाद हो जाऊँगा। हर जगह जासूस हैं। मुझे यह फ़ैक्ट्री बंद करनी पड़ेगी!"

"लेकिन उन्होंने ऐसा नहीं किया!" चार्ली ने कहा।

"ओह, हाँ, उन्होंने वैसा ही किया। उन्होंने सभी कर्मचारियों को बुलाया और कहा कि उन्हें इस बात का दुख है, लेकिन सबको घर वापस जाना होगा। इसके बाद उन्होंने अपना मेन गेट बंद कर लिया और उसे एक चेन के साथ बाँध दिया। और फिर अचानक वोंका की विशाल फ़ैक्ट्री शांत और वीरान हो गई। चिमनी से धुआँ निकलना बंद हो गया। मशीनों की घर-घर की आवाज़ आनी बंद हो गई। और उस समय के बाद से एक भी चॉकलेट या एक भी मिठाई नहीं बनाई गई। ना कोई वहाँ जाता था और ना ही कोई वहाँ से आता था। यहाँ तक कि मिस्टर विली वोंका भी खुद ग़ायब हो गए।"

"कई महीने गुज़र गए," ग्रैंडपा 'जो' ने बात आगे बढ़ाते हुए कहा, "लेकिन फ़ैक्ट्री बंद रही तो बंद ही रही। हर कोई कहता था कि बेचारे मिस्टर वोंका। वह कितने अच्छे थे। और वह कितनी अनोखी चीज़ें बनाते थे, लेकिन अब वह बर्बाद हो गए हैं। सब कुछ ख़त्म हो गया है।"

"फिर एक आश्चर्यजनक घटना घटी। एक दिन सुबह-सुबह फ़ैक्ट्री की ऊँची चिमनियों के ऊपर से उठती हुई सफ़ेद धुएँ की पतली-पतली लकीरें

नज़र आने लगीं! शहर में लोग ठिठककर रुक गए और घूर कर देखने लगे। 'क्या चल रहा है?' उन्होंने कहा। 'किसी ने भट्ठियाँ जलाई हैं! हो सकता है कि मिस्टर वोंका फिर से फ़ैक्ट्री शुरू करने वाले हैं!' वह दौड़ते हुए गेट की ओर भागे। उन्हें उम्मीद थी कि गेट पूरी तरह से खुल गए होंगे। उन्हें लग रहा था कि मिस्टर वोंका अपने कर्मचारियों का स्वागत करने के लिए द्वार पर खड़े होंगे।"

"लेकिन नहीं! वे विशाल लोहे के गेट अभी भी बंद थे। और हमेशा की तरह उस गेट पर चेन अभी भी लगी हुई थी। मिस्टर वोंका कहीं भी नज़र नहीं आ रहे थे।"

"लेकिन फ़ैक्ट्री चल रही है!" लोगों ने चिल्लाते हुए कहा। "सुनो! तुम्हें मशीनों की आवाज़ सुनाई पड़ेगी। वे फिर से घरघरा रही हैं। और तुम पिघलती हुई चॉकलेट की गंध को हवा में महसूस कर सकते हो!"

ग्रैंडपा 'जो' ने आगे झुकते हुए चार्ली के घुटने पर अपनी एक लंबी हड्डीदार अँगुली रखी। फिर उन्होंने बड़ी मृदुता से कहा, "लेकिन चार्ली, इन सब बातों से सबसे ज़्यादा रहस्यमयी बात थी फ़ैक्ट्री की खिड़कियों पर नज़र आने वाली परछाइयाँ। बाहर सड़क पर खड़े हुए लोगों को धुँधले काँच से बनी फ़ैक्ट्री की खिड़कियों के पीछे छोटी-छोटी आकृतियाँ नज़र आती हैं।"

"किसकी परछाइयाँ?" चार्ली ने झट से पूछा।

"बाक़ी सब भी बस यही जानना चाहते हैं।"

"वह जगह कर्मचारियों से भरी हुई है!" लोगों ने चिल्लाते हुए कहा। "लेकिन कोई अंदर गया ही नहीं। सारे गेटों पर तो ताला लगा हुआ है। यह बड़ा ही अजीब है। ना ही कभी कोई वहाँ से बाहर आता है।"

"लेकिन अब इस बात पर कोई प्रश्न चिन्ह नहीं था," ग्रैंडपा 'जो' ने कहा, "कि फ़ैक्ट्री ने वापस काम करना शुरू कर दिया था। और उस समय से यानी पिछले दस वर्षों से फ़ैक्ट्री चलती आ रही है। और इससे भी बड़ी बात यह कि अब वहाँ से जो भी चॉकलेट और मिठाइयाँ बन कर आती हैं वह हर बार पहले से ज़्यादा अद्भुत और ज़्यादा स्वादिष्ट होती हैं। और बेशक अब मिस्टर वोंका कुछ नया आविष्कार करते हैं तो मिस्टर फ़िक्लग्रूबर, मिस्टर प्रोडनोज़, मिस्टर स्लग्वर्थ या कोई भी और उसकी नक़ल नहीं कर सकता है। क्योंकि अब कोई भी जासूस फ़ैक्ट्री के अंदर जाकर यह पता नहीं लगा सकता कि वह कैसे बनती है।"

"लेकिन ग्रैंडपा, किससे," चार्ली ने उत्सुकतापूर्वक पूछा, "मिस्टर वोंका फ़ैक्ट्री में काम किससे करवा रहे हैं।"

"कोई भी नहीं जानता, चार्ली।"

"लेकिन यह तो बड़ी अजीब बात है। क्या कभी किसी ने मिस्टर वोंका से इस बारे में पूछा नहीं?"

"अब कोई उनसे मिलता नहीं है। वह कभी बाहर नहीं आते हैं। उस जगह से अब केवल चॉकलेट और मिठाइयाँ ही बाहर आती हैं। उन्हें एक विशेष ट्रैप डोर यानी कूट द्वार से बाहर लाया जाता है। वे पैक की हुई होती हैं, और उन पर पता लिखा हुआ होता है। और उन्हें हर दिन पोस्ट ऑफ़िस के ट्रकों द्वारा उठाया जाता है।"

"लेकिन ग्रैंडपा वहाँ किस तरह के लोग काम करते हैं।"

"मेरे प्यारे बच्चे," ग्रैंडपा 'जो' ने कहा, "यह बात चॉकलेट निर्माण की दुनिया का एक बहुत बड़ा रहस्य है। हमें उनके बारे में सिर्फ़ एक बात पता है। वह यह कि वे लोग बहुत छोटे हैं। देर रात को जब लाइट चल रही होती है तब खिड़कियों के पीछे कभी-कभी धुँधली परछाइयाँ नज़र आती हैं। ऐसा लगता है कि वे परछाइयाँ क़द में बहुत ही छोटे लोगों की हैं। उनका क़द मेरे घुटने से ज़्यादा नहीं होगा..."

"ऐसे लोग नहीं होते हैं," चार्ली ने कहा।

उसी वक़्त मिस्टर बकेट यानी चार्ली के पिता कमरे में पहुँचे। वह टूथपेस्ट फ़ैक्ट्री से घर वापस आ गए थे। और वह अपने हाथों में शाम का अख़बार लिए बड़े उत्साह से उसे लहरा रहे थे। "क्या आप लोगों ने यह ख़बर पढ़ी है?" उन्होंने कहा। उन्होंने अख़बार उठाकर दिखाया ताकि सब लोग उस पर छपी बड़ी हेडलाइन पढ़ सकें। हेडलाइन में कहा गया था :

अंततः वोंका फ़ैक्ट्री कुछ भाग्यशाली लोगों के लिए खुलेगी

5

गोल्डन टिकट्स

"तुम्हारा मतलब लोगों को अब वास्तव में फ़ैक्ट्री के अंदर जाने की इजाज़त मिलेगी," ग्रैंडपा 'जो' ने कहा। "हमें पढ़ कर सुनाओ उसमें क्या लिखा है ...जल्दी!"

"ठीक है," मिस्टर बकेट ने अख़बार की सिलवटों को बराबर करते हुए कहा। "सुनिए।"

ईवनिंग बुलेटिन

कन्फ़ेक्शनरी के जीनियस मिस्टर विली वोंका,
जिन्हें किसी ने पिछले दस वर्षों से नहीं देखा है, ने
आज निम्नलिखित नोटिस भेजा है :

मैं, विली वोंका, ने फ़ैसला किया है कि इस साल मैं पाँच बच्चों को मेरी फ़ैक्ट्री का दौरा करने की अनुमति दूँगा; ध्यान रखें, सिर्फ़ पाँच, इससे ज़्यादा नहीं। इन पाँच भाग्यशाली बच्चों को मैं व्यक्तिगत रूप से फ़ैक्ट्री का भ्रमण कराऊँगा। उन्हें मेरी फ़ैक्ट्री के हर रहस्य और हर जादू से रू-ब-रू होने की इजाज़त होगी। फिर भ्रमण के अंत में एक ख़ास तोहफ़े के रूप में उन सबको इतनी चॉकलेट और मिठाइयाँ दी जाएँगी कि वे उनकी बाक़ी ज़िंदगी तक चलती रहें! सो, गोल्डन टिकटों पर नज़र रखें। पाँच गोल्डन टिकटों को सुनहरे काग़ज़ पर छपवाया गया है। और उन पाँच गोल्डन टिकटों को पाँच साधारण चॉकलेट बारों के साधारण रैपिंग पेपर के नीचे छिपा कर रखा गया है। ये पाँच चॉकलेट बार कहीं भी हो सकती हैं; किसी भी दुकान में, किसी भी गली में, किसी भी शहर में और दुनिया के किसी भी देश में;

ऐसे किसी भी काउंटर पर जहाँ वोंका की मिठाइयाँ बेची जाती हैं। गोल्डन टिकट खोजने वाले इन पाँच भाग्यशाली बच्चों को ही मेरी फ़ैक्ट्री का भ्रमण करने और अभी वह कैसी है, यह देखने की अनुमति होगी! आप सभी को शुभकामनाएँ, और ख़ुशी-ख़ुशी ढूँढ़िए! (हस्ताक्षर, विली वोंका।)

"सनकी आदमी है," ग्रैंडमा जॉर्जीना ने बुदबुदाते हुए कहा।

"वह बहुत ही समझदार है!" ग्रैंडपा 'जो' ने कहा। "वह एक जादूगर है! ज़रा सोचो कि अब क्या होगा। पूरी दुनिया उन गोल्डन टिकटों की तलाश में लग जाएगी। हर कोई एक गोल्डन टिकट पाने की उम्मीद में वोंका के चॉकलेट बार ख़रीदना शुरू कर देगा। वह पहले से बहुत ज़्यादा बेचना शुरू कर देगा! ओह, उसे खोज पाना कितना रोमांचकारी होगा!"

"और वे सारी चॉकलेट और मिठाइयाँ जो आप अपने पूरे जीवन भर खा सकते हो; वह भी मुफ़्त!" ग्रैंडपा जॉर्ज ने कहा। "ज़रा कल्पना करो!"

"उन्हें वे किसी ट्रक से पहुँचानी पड़ेंगी," ग्रैंडमा जॉर्जीना ने कहा।

"यह सोचकर ही मेरी तबीयत ख़राब हो रही है," ग्रैंडमा जोसफ़िन ने कहा।

"बकवास!" ग्रैंडपा 'जो' ने कहा। "कैसा होगा ना चार्ली, एक चॉकलेट बार को खोलना और उसके भीतर एक चमकते हुए गोल्डन टिकट को देखना!"

"वाकई, ग्रैंडपा। लेकिन ऐसी कोई उम्मीद नहीं है," चार्ली ने उदास होते हुए कहा। "मुझे पूरे साल में सिर्फ़ एक बार मिलती है।"

"कुछ पता नहीं होता, चार्ली," ग्रैंडमा जॉर्जीना ने कहा। "अगले सप्ताह ही तुम्हारा जन्मदिन है। तुम्हारे पास भी उतना ही मौक़ा है, जितना किसी और के पास है।"

"मुझे डर है कि यह सच नहीं है," ग्रैंडपा जॉर्ज ने कहा। "उन्हीं बच्चों के हाथों में गोल्डन टिकट आएँगे, जो हर रोज़ चॉकलेट के कई बार ख़रीद पाने में समर्थ हैं। हमारे चार्ली को पूरे साल में सिर्फ़ एक चॉकलेट बार मिलता है। कोई भी उम्मीद नहीं है।"

6

पहले दो खोजकर्ता

अगले ही दिन पहला गोल्डन टिकट खोज लिया गया। टिकट खोजने वाले लड़के का नाम था अगस्टस ग्लूप। मिस्टर बकेट के शाम के अख़बार ने पहले पृष्ठ पर उस लड़के की एक बहुत बड़ी तसवीर प्रकाशित की थी। तसवीर में नौ वर्षीय एक लड़का नज़र आ रहा था। वह इतना ज़्यादा मोटा था कि ऐसा लग रहा था कि मानो किसी शक्तिशाली पंप की मदद से उसके अंदर हवा भर दी हो गई हो। शरीर के हर हिस्से पर चर्बी की मोटी-मोटी तहें चढ़ी हुई थीं। उसका चेहरा आटे की विशालकाय गेंद के समान प्रतीत हो रहा था, जिसमें से उसकी लालची किशमिश - जैसी आँखें बाहर दुनिया को झाँकती हुई नज़र आ रही थीं। अख़बार में कहा गया था कि जिस शहर में अगस्टस ग्लूप रहता था, वहाँ अपने हीरो के लिए एक उत्साह की लहर दौड़ गई थी। हर खिड़की के बाहर लहराते हुए झंडे नज़र आ रहे थे। स्कूलों में बच्चों को छुट्टी दे दी गई थी। और इस प्रसिद्ध युवा के सम्मान में एक परेड आयोजित की जा रही थी।

"मुझे पता ही था कि अगस्टस ग्लूप को गोल्डन टिकट मिल जाएगा," उसकी माँ ने पत्रकारों को बताया था। "वह हर दिन चॉकलेट के इतने बार खाता है कि उसके लिए ऐसा ना कर पाना लगभग असंभव था। आप जानते हैं, बार खाना उसका शौक है। बस, उसे एक इसी काम में दिलचस्पी है। लेकिन फिर भी ख़ाली समय में बदमाशी करने, ज़िप-गन चलाने, या फिर ऐसी कोई दूसरी हरकत करने से तो बेहतर है, है ना? और मैं हमेशा कहती हूँ कि वह अगर उसे पोषण की ज़रूरत ना होती तो वह इस तरह से खाता नहीं रहता, है ना? वैसे भी यह सब विटामिन ही तो है। वाकई मिस्टर वोंका की अद्भुत फ़ैक्ट्री का दौरा करना उसके लिए कितना रोमांचकारी अनुभव होगा! हमें उस पर बहुत गर्व है!"

"कैसी महिला है, इसे देखकर घृणा होती है," ग्रैंडमा जोसफ़िन ने कहा।

"और वह लड़का, अजीब-सी घिन आती है," ग्रैंडमा जॉर्जीना ने कहा।

"सिर्फ़ चार गोल्डन टिकट बचे हैं," ग्रैंडपा जॉर्ज ने कहा। "मैं सोच रहा हूँ वे किसे मिलेंगे।"

और अब ऐसा लग रहा था कि पूरे देश में ही नहीं अपितु पूरी दुनिया में चॉकलेट ख़रीदने के लिए पागलों-सी होड़ मच गई थी। हर कोई उन्मत्त होकर बाक़ी के बचे हुए उन बेशक़ीमती गोल्डन टिकटों की खोज में भिड़

गया था। वयस्क महिलाओं को मिठाइयों की दुकान में जाकर एक बार में दस वोंका बार ख़रीदते हुए देखा जा सकता था। वोंका बार ख़रीदते ही वे महिलाएँ उसी जगह पर उसका रैपर निकालकर उत्सुकतापूर्वक अंदर गोल्डन टिकट की चमक ढूँढ़ने की कोशिश करती थीं। उधर बच्चे हथौड़ियों से अपनी 'पिगी बैंकों' को चकनाचूर कर, उसमें से पैसे निकालकर और अपनी मुट्ठियों में भरकर दुकानों की तरफ़ भागते हुए मिल जाते थे। एक शहर में तो एक कुख्यात गैंगस्टर ने एक बैंक में जाकर हज़ार पाउंड लूट लिए और उसी दोपहर उस पूरी रक़म को भारी संख्या में वोंका बार ख़रीदने में लगा दिया। और फिर जब पुलिस उसके घर पहुँची तो उसने उसे चॉकलेट के पहाड़ीनुमा ढेर के बीचों-बीच बैठा हुआ पाया। वह एक-के-बाद-एक रैपरों को एक लंबी छुरी से चीर रहा था। वहीं रूस की एक दूर-दराज़ जगह में शार्लें रूस नाम की एक महिला ने दावा किया कि उसे दूसरा टिकट मिल गया है, लेकिन वह टिकट फ़र्ज़ी निकला। उधर प्रसिद्ध अँग्रेज़ी वैज्ञानिक प्रोफ़ेसर फ़ाउलबॉडी ने एक ऐसी मशीन का आविष्कार किया, जो चॉकलेट बार का रैपर उतारे बिना ही बता सकती थी कि उसमें गोल्डन टिकट है या नहीं। दरअसल, वह मशीन क्या थी, उसमें एक मैकेनिकल हाथ जड़ा हुआ था। किसी भी चीज़ में कुछ हल्का-सा सुनहरा होने का आभास होते ही वह मैकेनिकल हाथ बड़ी वेग के साथ बाहर निकलता था, और उस चीज़ को झपट लेता था। एक क्षण के लिए तो ऐसा लगा कि अब वह मशीन ही हर चीज़ का जवाब है। लेकिन दुर्भाग्य से जब वह प्रोफ़ेसर उस मशीन को एक बड़े डिपार्टमेंट स्टोर में बने मिठाइयों के काउंटर पर सार्वजनिक तौर पर प्रदर्शित कर रहे थे, उसी क्षण वह मैकेनिकल हाथ लपक कर बाहर निकला। दरअसल, पास में खड़ी डचेस के पीछे के दाँत में सोना भरा हुआ था। सो, उस मैकेनिकल हाथ ने उस पर झपटा मार दिया। बस, माहौल को बिगड़ने में क्या देर लगनी थी। देखते-ही-देखते भीड़ ने मशीन को चकनाचूर कर दिया।

फिर अचानक चार्ली के जन्मदिन से एक दिन पहले अख़बारों में ख़बर आई कि दूसरा गोल्डन टिकट मिल गया है। इस बार वह खुशनसीब व्यक्ति एक छोटी लड़की थी, जिसका नाम वेरुका सॉल्ट था। वह यहाँ से दूर एक बड़े शहर में अपने अमीर माँ-बाप के साथ रहती थी। एक बार फिर मिस्टर बकेट के शाम के अख़बार में खोजने वाले की एक बड़ी तसवीर प्रकाशित की गई थी। वह अपने घर के ड्रॉइंग-रूम में अपने मुस्कराते हुए माँ-बाप

के बीच बैठी हुई थी। उसने गोल्डन टिकट अपने सिर के ऊपर पकड़ रखा था। चेहरे पर मुस्कान सजी हुई थी, जो एक कान से दूसरे कान तक फैली हुई थी।

वेरुका के पिता मिस्टर सॉल्ट पत्रकारों से यह बात उत्सुकतापूर्वक समझा रहे थे कि आख़िरकार यह टिकट कैसे मिला। "देखिए, मित्रों," उन्होंने कहा था, "जैसे ही मेरी प्यारी बच्ची ने मुझसे कहा कि उसे एक गोल्डन टिकट चाहिए ही चाहिए, मैं शहर में गया और जहाँ भी मुझे वोंका बार मिल सकता था। मैंने उसे हर जगह से ख़रीदना शुरू कर दिया। मैंने हज़ारों की संख्या में वोंका बार ख़रीदे होंगे। कई हज़ार! फिर मैंने उन वोंका बारों को ट्रकों में लदवा दिया और उन्हें सीधे अपनी फ़ैक्ट्री में भिजवा दिया। मेरा मूँगफली का कारोबार है। सैकड़ों महिलाएँ मेरे यहाँ काम करती हैं; मूँगफलियाँ छीलना, भूनना और उनमें नमक लगाना। पूरे दिन उनका यही काम रहता है। वे वहाँ बैठकर मूँगफलियाँ छीलती हैं। सो, मैंने उनसे कहा, 'ओके, लड़कियों,' मैंने कहा, 'अब तुम सब मूँगफलियाँ छीलना बंद कर दो और उसकी जगह

चॉकलेट बारों से रैपर निकालना शुरू कर दो।' उन्होंने वही किया। मैंने हर कर्मचारी को सुबह से रात तक तेज़ गति के साथ चॉकलेट बारों से रैपर फाड़ने का काम सौंप दिया था।"

"तीन दिन बीत गए थे। लेकिन भाग्य ने हमारा साथ नहीं दिया, तो नहीं ही दिया। ओह! वह वाकई बहुत कष्टकारी था! मेरी प्यारी वेरुका दिन-ब-दिन ज़्यादा परेशान हो रही थी। हर बार जब मैं घर पहुँचता तो वह मुझ पर चिल्लाती थी, 'मेरा गोल्डन टिकट कहाँ है! मुझे मेरा गोल्डन टिकट चाहिए।' वह हाथ-पाँव मारती हुई और चिल्लाती हुई घंटों ज़मीन पर पड़ी रहती थी। यह बात बहुत ही परेशान करने वाली थी। ख़ैर, मुझे अपनी प्यारी लड़की को दुखी देखना बिलकुल नागवार है। इसलिए मैंने प्रतिज्ञा की कि मैं तब तक अपनी खोज ज़ारी रखूँगा, जब तक कि उसे वह ना मिल जाए जो वह चाहती है। फिर अचानक... चौथे दिन शाम को मेरी एक महिला कर्मचारी चिल्लाई, 'मुझे वह मिल गया है! एक गोल्डन टिकट!' और मैंने कहा, 'लाओ, मुझे दो, जल्दी!' और उसने वैसा ही किया। और मैं दौड़ कर घर वापस आया और उसे अपनी डार्लिंग वेरुका को थमा दिया। और अब उसके चेहरे पर मुस्कान आई है, और हमारे घर में खुशियाँ वापस लौट आई हैं।"

"यह तो उस मोटे लड़के से भी बुरा है," ग्रैंडमा जोसफ़िन ने कहा।

"वास्तव में उसे पिटाई की ज़रूरत है," ग्रैंडमा जॉर्जीना ने कहा।

"मुझे नहीं लगता कि उस लड़की के पिता ने ईमानदारी बरती। ग्रैंडपा, आपको क्या लगता है?" चार्ली बुदबुदाया।

"वह उसे बिगाड़ रहे हैं," ग्रैंडपा 'जो' ने कहा, "और एक बच्चे को इस तरह बिगाड़ कर कुछ भी अच्छा हासिल नहीं हो सकता है, चार्ली, मेरी बात गाँठ बाँध लो।"

"चलो, डार्लिंग, अपने बिस्तर में चले जाओ," चार्ली की माँ ने कहा। "मत भूलो कल तुम्हारा जन्मदिन है। और मैं अपेक्षा करती हूँ कि तुम जल्दी उठकर अपना तोहफ़ा खोलोगे।"

"एक वोंका चॉकलेट बार!" चार्ली ने उत्साहित होते हुए कहा। "एक वोंका बार है, है ना?"

"हाँ, मेरे बच्चे," उसकी माँ ने कहा, "बेशक, वही है।"

“ओह! कितना अच्छा होगा ना अगर मुझे अंदर तीसरा गोल्डन टिकट मिल जाए तो?” चार्ली ने कहा।

“जब तुम्हें वह मिले तो उसे यहाँ अंदर ले आना,” ग्रैंडपा ‘जो’ ने कहा। “फिर हम सब तुम्हें वह रैपर उतारते हुए देख पाएँगे।”

7

चार्ली का जन्मदिन

"जन्मदिन मुबारक हो!" चार्ली ने अगले दिन सुबह-सुबह जैसे ही उनके कमरे में प्रवेश किया चारों बुज़ुर्गों यानी दादा-दादी और नाना-नानी ने एक स्वर में पूरे उत्साह के साथ कहा।

चार्ली थोड़ा घबराते हुए मुस्कराया और पलंग के किनारे बैठ गया। उसने अपने दोनों हाथों में अपना तोहफ़ा बड़े ध्यानपूर्वक पकड़ा हुआ था; उसका एकमात्र तोहफ़ा। रैपर पर लिखा था : **वोंका'स विप्पल स्क्रम्प्शस फ़जमैलो डिलाइट।**

चारों बुज़ुर्गों; दो पलंग के इस तरफ़ और दो पलंग के उस तरफ़; ने खुद को अपने तकिए के ऊपर उठाया। उनकी बेचैन आँखें चार्ली के हाथों में मौजूद चॉकलेट बार पर गड़ी हुई थीं।

मिस्टर और मिसेज़ बकेट अंदर आए और पलंग के पैताने के पास खड़े हो गए और चार्ली को देखने लगे।

पूरे कमरे में एक ख़ामोशी छा गई थी। हर कोई चार्ली द्वारा अपना तोहफ़ा खोलने का इंतज़ार कर रहा था। चार्ली ने चॉकलेट बार को देखा। उसने अपनी अँगुलियाँ उसकी लंबाई पर आगे-पीछे घुमाईं, और फिर उसने प्यार से उस पर अपना हाथ फेरा। उस ख़मोश कमरे में चमकीले काग़ज़ के बने रैपर से हल्की सर-सर की आवाज़ आने लगी।

फिर मिसेज़ बकेट ने आहिस्ता से कहा, "डार्लिंग, अगर तुम्हें रैपर के नीचे वह ना मिले जो तुम ढूँढ़ रहे हो तो तुम्हें ज़्यादा निराश नहीं होना चाहिए। तुम वास्तव में इतना ज़्यादा खुशक़िस्मत होने की अपेक्षा नहीं कर सकते हो।"

"वह काफ़ी हद तक सही कह रही हैं," मिस्टर बकेट ने कहा।

चार्ली ने कुछ नहीं कहा।

"आख़िरकार," ग्रैंडमा जोसफ़िन ने कहा, "इतनी बड़ी दुनिया में अब खोजे जाने के लिए सिर्फ़ तीन टिकट ही बचे हैं।"

"याद रखना," ग्रैंडमा जॉर्जीना ने कहा, "चाहे जो भी हो, तुम्हारे पास फिर भी चॉकलेट बार तो रहेगा।"

"वोंका'स विह्पल स्क्रम्प्शस फ़जमैलो डिलाइट!" ग्रैंडपा जॉर्ज ने उत्साह से भर कर कहा। "यह सबसे बेहतरीन है। तुम्हें बहुत मज़ा आएगा।"

"हाँ," चार्ली ने फुसफुसाते हुए कहा। "मैं जानता हूँ।"

"गोल्डन टिकटों के बारे में सब भूल जाओ और चॉकलेट का मज़ा लो," ग्रैंडपा 'जो' ने कहा। "तुम ऐसा क्यों नहीं करते?"

वे सब जानते थे कि इस छोटे चॉकलेट बार में जादुई टिकट होने की उम्मीद करना मूर्खतापूर्ण होगा। सो, सब यही कोशिश कर रहे थे कि वे प्रेमपूर्वक और मृदुता से चार्ली को निराशा के लिए तैयार कर सकें। लेकिन एक और चीज़ थी, जो उन बड़ों को भी पता थी, और वह यह थी : चाहे भाग्य के चमकने की संभावना कितनी भी कम क्यों ना हो, फिर भी संभावना तो थी ही।

संभावना तो होनी ही थी।

किसी भी अन्य चॉकलेट बार की तरह इस चॉकलेट बार में भी गोल्डन टिकट होने की संभावना थी ही।

और यही वजह थी कि कमरे में मौजूद दादा-दादी और नाना-नानी सहित चार्ली के माता-पिता सब उतने ही तनाव में थे, और उतने ही उत्साहित थे, जितना कि चार्ली था। हालाँकि वे सब शांत होने का दिखावा कर रहे थे।

"अच्छा होगा कि अब तुम आगे बढ़ो और उसे खोल लो, वरना तुम्हें स्कूल जाने में देर हो जाएगी," ग्रैंडपा 'जो' ने कहा।

"अब तुम इसे फटाफट निपटा लो," ग्रैंडपा जॉर्ज ने कहा।

"इसे खोल लो, मेरे बच्चे," ग्रैंडमा जॉर्जीना ने कहा। "प्लीज़, इसे खोल लो। तुम मुझे बेचैन कर रहे हो।"

फिर बहुत आहिस्ता-आहिस्ता, चार्ली की अँगुलियों ने रैपिंग पेपर को एक सिरे से फाड़ना शुरू किया।

पलंग पर बैठे हुए चारों बुजुर्गों ने आगे झुकते हुए अपनी पतली-पतली गर्दनें तानते हुए आगे निकाल लीं।

फिर अचानक, ऐसा लगा कि इस पूरी चीज़ का रोमांच चार्ली के सहनशक्ति की सीमा को लाँघ गया हो। उसने एकदम से रैपर को बीच तक सीधा फाड़ दिया... और अचानक उसकी गोद में कुछ गिरा... एक हल्के-भूरे और क्रीमी रंग का चॉकलेट बार।

लेकिन गोल्डन टिकट का कहीं नामोनिशान भी नहीं था।

"ख़ैर; हो गया," ग्रैंडपा 'जो' ने खुश होते हुए कहा। "हमें ऐसी ही उम्मीद थी।"

चार्ली ने ऊपर देखा। पलंग पर बैठे चारों बुजुर्गों के चेहरों से करुणा स्पष्ट झलक रही थी। सब उसकी ही ओर बड़ी ध्यानपूर्वक देखे जा रहे थे। चार्ली उनकी तरफ़ देखकर मुस्कराया। लेकिन यह एक नन्ही-सी मुस्कान थी, एक दुख भरी मुस्कान। फिर उसने अपने कंधे उचकाए, अपने चॉकलेट बार को उठाया और उसे अपनी माँ की ओर बढ़ाते हुए कहा, "यह लीजिए, माँ, एक टुकड़ा लीजिए। हम सब आपस में बाँटकर खाएँगे। मैं चाहता हूँ कि हर कोई इसका स्वाद चखे।"

"बिलकुल नहीं!" उसकी माँ ने कहा।

बाक़ी सबने भी एक सुर में कहा, "नहीं, नहीं! हम सपने में भी ऐसा नहीं सोच सकते! यह पूरी तरह से तुम्हारा है!"

"प्लीज़," चार्ली ने गुहार लगाते हुए कहा। वह मुड़ा और उसने ग्रैंडपा 'जो' की ओर चॉकलेट बढ़ाई।

लेकिन ना ही वह और ना ही कोई और एक छोटा-सा टुकड़ा भी लेने के लिए राज़ी हुआ।

"अब स्कूल जाने का समय हो गया है, डार्लिंग," मिसेज़ बकेट ने चार्ली के दुबले कंधों पर हाथ रखते हुए कहा। "चलो, नहीं तो तुम्हें देर हो जाएगी।"

8

दो और गोल्डन टिकटों का खोजा जाना

उस दिन शाम को मिस्टर बकेट के अख़बार ने ना सिर्फ़ तीसरे गोल्डन टिकट, बल्कि चौथे गोल्डन टिकट के भी मिल जाने की ख़बर प्रकाशित की। समाचार-पत्र की हैडलाइन थी; **आज दो और गोल्डन टिकट खोज लिए गए, एक और बाक़ी।**

"ठीक है," ग्रैंडपा 'जो' ने कहा। पूरा परिवार बुज़ुर्गों के कमरे में रात का खाना खाने के बाद इकट्ठा हो गया था। "चलो, सुनते हैं कि उन्हें किसने खोजा है।"

"तीसरा टिकट," मिस्टर बकेट ने अख़बार को अपने चेहरे के क़रीब लाते हुए पढ़ा। दरअसल, उनकी आँखें कमज़ोर हो गई थीं, लेकिन उनके पास चश्मा ख़रीद पाने का सामर्थ्य नहीं था। "तीसरा टिकट मिस वायलेट बॉरेगार्ड द्वारा खोजा गया है। जब हमारे रिपोर्टर उस ख़ुशक़िस्मत लड़की का इंटरव्यू लेने पहुँचे तो बॉरेगार्ड के घर में ज़बर्दस्त उत्साह छाया हुआ था; माहौल कुछ ऐसा जमा हुआ था कि हर तरफ़ से कैमरे क्लिक हो रहे थे, और फ़्लैश बल्ब चमक रहे थे। लोग उस प्रसिद्ध लड़की के क़रीब जाने के लिए एक-दूसरे के साथ धक्का-मुक्की कर रहे थे। उधर वह प्रसिद्ध लड़की ड्रॉइंग रूम में एक कुर्सी पर खड़ी होकर अपना पूरा हाथ बढ़ाकर बेहद उन्मादी ढंग से गोल्डन टिकट हवा में लहरा रही थी। ऐसा लग रहा था कि मानो वह किसी टैक्सी को रुकने का इशारा कर रही हो। वह बहुत तेज़-तेज़ और ऊँची आवाज़ में बात कर रही थी। लेकिन वह क्या कह रही थी, यह सुन पाना मुश्किल था। ऐसा इसलिए क्योंकि बात करते समय वह साथ-साथ मुँह में ज़ोर-ज़ोर से च्युइंग गम चबाए जा रही थी।"

"यूँ तो मैं च्युइंग गम चबाया करती हूँ," उसने चिल्लाते हुए कहा। "लेकिन जब मुझे मिस्टर वोंका के टिकटों के बारे में पता चला, मैंने च्युइंग गम चबाना छोड़ दिया और चॉकलेट बार खाना शुरू कर दिया। इस उम्मीद में कि शायद मेरी क़िस्मत चमक जाए। बेशक, अब मैं वापस च्युइंग गम पर आ गई हूँ। मुझे च्युइंग गम बहुत पसंद है। मैं इसके बिना नहीं रह सकती। खाने के समय के कुछ मिनटों को छोड़कर मैं पूरे दिन इसे चपर-चपर चबाती रहती हूँ। लेकिन खाने के समय मैं अपनी च्युइंग गम को निकालकर अपने कान के पीछे चिपका देती हूँ ताकि वह सुरक्षित रह सके। सच कहूँ तो अगर दिन के हर पल मैं च्युइंग गम के इस छोटे टुकड़े को ना चबाऊँ तो मैं सहज ही नहीं रह पाऊँगी। वाकई मैं नहीं रह पाऊँगी। मेरी माँ कहती हैं कि यह सुशील स्त्रियों जैसा नहीं लगता, किसी लड़की का जबड़ा पूरा दिन ऊपर-नीचे होना बड़ा भद्दा लगता है। लेकिन मैं इस बात से सहमत नहीं हूँ। और वैसे भी वह मेरी आलोचना करने वाली होती कौन हैं। क्योंकि अगर आप मुझसे पूछें तो पूरा दिन मुझ पर चिल्लाने के कारण उनका जबड़ा भी लगभग उतनी ही बार ऊपर-नीचे होता है, जितना कि मेरा।"

"अब वायलेट," मिसेज़ बॉरेगार्ड ने कमरे में दूर एक कोने से कहा। वह वहाँ एक पियानो पर खड़ी थीं ताकि भीड़ में पिस नहीं जाएँ।

"ठीक है, ज़्यादा नाराज़ होने की ज़रूरत नहीं है," मिस बॉरेगार्ड ने चिल्लाते हुए कहा। "और अब," उसने फिर पत्रकारों की तरफ़ मुड़ते हुए और अपनी बात आगे बढ़ाते हुए कहा, "हो सकता है कि आपको यह जानने में रुचि हो कि च्युइंग गम का यह टुकड़ा जो मैं अभी इस वक़्त चबा रही हूँ; यह वही च्युइंग गम है, जिस पर मैं पिछले तीन महीने से अधिक समय से काम कर रही हूँ। यह एक रिकॉर्ड है, वाकई। इसने मेरे सबसे अच्छी सहेली मिस कोर्नेलिया प्रिंज़मेटल का रिकॉर्ड तोड़ दिया है। और वह आगबबूला हो उठी! अब यह मेरी सबसे क़ीमती चीज़ बन गई है। रात के समय मैं इसे बिस्तर के पाए पर चिपका देती हूँ और सुबह उठने पर यह बिलकुल सही होती है; हाँ, कह सकते हैं कि शुरुआत में यह थोड़ी सख़्त होती है। लेकिन एक बार मैं इसे थोड़ी देर चबा लूँ तो यह फिर नर्म पड़ जाती है। वर्ल्ड रिकॉर्ड के लिए चबाना शुरू करने से पहले मैं रोज़ दिन में एक बार च्युइंग गम बदल दिया करती थी। मैं यह काम स्कूल से घर आते वक़्त हमारी लिफ़्ट में किया करती थी। लिफ़्ट में ही क्यों? क्योंकि मुझे इस चिपचिपी चीज़ को ख़त्म करने के बाद लिफ़्ट में मौजूद कंट्रोल बटन पर चिपकाना पसंद आता था। फिर जो भी अगला व्यक्ति आता था और बटन दबाता था, मेरी पुरानी च्युइंग गम उसकी अँगुली में चिपक जाती थी। हा-हा! और उनमें से कुछ लोग कितना शोर मचाते थे। सबसे अच्छा नतीजा आपको उन महिलाओं से मिलता है, जो महँगे दस्ताने पहनती हैं। और हाँ, मैं मिस्टर वोंका की फ़ैक्ट्री में जाने को लेकर बहुत उत्साहित हूँ। और मुझे लगता है कि बाद में वह मुझे इतनी च्युइंग गम दे देंगे कि वह मेरी पूरी ज़िंदगी चल जाए। व्हूपी! हुर्रे!'"

"पशुओं जैसी लड़की," ग्रैंडमा जोसफ़िन ने कहा।

"घिनौनी!" ग्रैंडमा जॉर्जीना ने कहा। "एक दिन उसका बहुत बुरा हश्र होगा। हर समय च्युइंग गम चबाना। तुम देख लेना अगर ऐसा ना हुआ तो।"

"और चौथा गोल्डन टिकट किसे मिला?" चार्ली ने पूछा।

"हाँ, ज़रा देखने दो," यह कहते हुए मिस्टर बकेट एक बार फिर अख़बार में झाँकने लगे। "हाँ, यह रहा। चौथा गोल्डन टिकट," उन्होंने पढ़ा, "माइक टीवी नाम के एक लड़के को मिला है।"

"फिर कोई नकारा। मैं यक़ीन से कह सकती हूँ," ग्रैंडमा जोसफ़िन ने बड़बड़ाते हुए कहा।

"बीच में मत बोलो, ग्रैंडमा," मिसेज़ बकेट ने कहा।

"जब हमारा रिपोर्टर टीवी परिवार से मिलने पहुँचा," मिस्टर बकेट ने पढ़ना ज़ारी रखते हुए कहा, "दूसरे लोगों के घरों की तरह उनका घर भी मिलने आने वाले उत्साहित लोगों से भरा हुआ था। लेकिन भाग्यशाली विजेता यानी युवा माइक टीवी इस पूरे घटनाक्रम से बेहद अप्रसन्न नज़र आ रहा था। 'क्या तुम मूर्ख लोग देख नहीं सकते कि मैं टेलिविज़न देख रहा हूँ?' उसने क्रोधित होते हुए कहा कि मैं उम्मीद करता हूँ कि तुम लोग बीच में बाधा नहीं डालोगे।"

"सो, वह नौ-वर्षीय बालक एक बहुत विशाल टेलिविज़न सेट के सामने बैठा हुआ था। उसकी आँखें स्क्रीन से चिपकी हुई थीं। वह एक फ़िल्म देख रहा था, जिसमें बदमाशों का एक गिरोह बदमाशों के दूसरे गिरोह पर मशीनगनों से से गोलियाँ बरसा रहा था। माइक टीवी के पास खुद अलग-अलग आकार की अट्ठारह खिलौना पिस्तौलें थीं, जो उसके जिस्म पर बँधे बेल्ट्स से लटक रही थीं। अक्सर वह बीच-बीच में हवा में उछलता और अपने किसी एक हथियार से आधा दर्जन गोलियाँ दाग़ देता।"

"ख़ामोश!" किसी ने एक प्रश्न पूछना चाहा तो वह चिल्लाते हुए बोला। "क्या मैंने तुमसे यह नहीं कहा कि बीच में टोकना मत। यह शो वास्तव में धमाकेदार है! यह ज़बरदस्त है! मैं इसे रोज़ देखता हूँ। मैं इसके सारे-के-सारे (एपिसोड) रोज़ देखता हूँ। यहाँ तक कि सड़े-गले वाले भी जिसमें कोई शूटिंग नहीं होती। मुझे गैंगस्टर सबसे अच्छे लगते हैं। वे ज़बरदस्त हैं, वे गैंगस्टर! ख़ासकर उस वक़्त जब वे एक दूसरे को गोलियों से छलनी कर रहे होते हैं। या फिर जब वे अपने पुराने खंजर निकालकर लहराते हैं। या फिर जब वे अपने नकल-डस्टर्स से एक दूसरे को मारते हैं। ओह! मैं खुद वह कर पाऊँ इसके लिए मैं क्या नहीं दे दूँ! यही ज़िंदगी है, मैं कह रहा हूँ! यह ज़बरदस्त है!"

"बस, बहुत हो गया," ग्रैंडमा जोसफ़िन ने भड़कते हुए कहा। "मैं इसे सुनना अब और बर्दाश्त नहीं कर सकती!"

"ना ही मैं," ग्रैंडमा जॉर्जीना ने कहा। "क्या आजकल सारे बच्चे इसी तरह बर्ताव करते हैं; उस छोकरे की तरह जिसके बारे में हम अभी सुन रहे थे?"

"बेशक नहीं," मिस्टर बकेट ने बिस्तर पर बैठी बूढ़ी महिला की ओर देखकर मुस्कराते हुए कहा। "हाँ, कुछ लोग करते हैं। बेशक। वास्तव में काफ़ी लोग करते हैं। लेकिन सब नहीं।"

"और अब केवल एक टिकट बचा है," ग्रैंडपा जॉर्ज ने कहा।

"बिलकुल सही," ग्रैंडमा जॉर्जीना ने नाक सुड़कते हुए कहा। "और मैं जितने यक़ीन के साथ यह कह सकती हूँ कि कल रात के खाने में मैं पत्तागोभी का सूप पिऊँगी, उसी यक़ीन के साथ कह सकती हूँ कि वह टिकट किसी छोटे-से घिनौने जानवर के पास जाएगा, जो वास्तव में उसके योग्य नहीं है!"

9

ग्रैंडपा 'जो' का जुआ

अगले दिन जब चार्ली स्कूल से घर वापस आया तो अपने दादा-दादी और नाना-नानी से मिलने गया। उसने देखा कि ग्रैंडपा 'जो' जग रहे हैं। वहीं बाक़ी तीनों बुज़ुर्ग ज़ोर-ज़ोर से खर्राटे ले रहे थे।

"शशश!" ग्रैंडपा 'जो' ने फुसफुसाते हुए कहा, और उन्होंने चार्ली को उनके पास आने का इशारा किया। चार्ली पंजों के बल चलते हुए उनके पास पहुँच गया और बिस्तर के पास खड़ा हो गया। चार्ली को देखते ही बूढ़े दादा के होंठों पर एक शरारत-भरी मुस्कान तैर गई। फिर उन्होंने अपने एक हाथ से अपने तकिए के नीचे कुछ ढूँढ़ना शुरू कर दिया। जब वह हाथ बाहर आया तो अँगुलियों के बीच चमड़े का बना एक पुराना पर्स कसा हुआ नज़र आ रहा था। बिस्तर पर चादर की ओट में बूढ़े दादा ने अपना पर्स खोला और उसे उल्टा कर दिया। चाँदी का छह पेंस का सिक्का बाहर गिर पड़ा। "यह मेरी गुप्त पूँजी है," उन्होंने फुसफुसाते हुए कहा। "दूसरों को नहीं पता कि मेरे पास यह है। और अब, मैं और तुम, अंतिम टिकट पाने की एक कोशिश और करेंगे। क्या ख़याल है, हाँ? लेकिन तुम्हें मेरी मदद करनी होगी।"

"ग्रैंडपा, क्या आपको यक़ीन है कि आप इस पर अपना पैसा ख़र्च करना चाहते हैं?" चार्ली फुसफुसाया।

"बेशक, मुझे यक़ीन है!" बूढ़े दादा ने जोश से बड़बड़ाते हुए कहा। "यहाँ खड़े रहकर मुझसे बहस मत करो! मैं भी उस टिकट को खोज पाने के लिए उतना ही उत्सुक हूँ जितना कि तुम हो! यह लो - पैसे लो और दौड़ कर गली में सबसे नज़दीक वाली दुकान पर दौड़ते हुए जाओ और जो पहली वोंका बार दिखे उसे ख़रीदकर सीधे मेरे पास ले आओ। हम दोनों उसे मिलकर खोलेंगे।"

चार्ली ने वह चाँदी का छोटा सिक्का लिया, और तेज़ी के साथ कमरे से निकल गया। पाँच मिनट में ही वह वापस भी आ गया।

"क्या तुम उसे ले आए हो?" ग्रैंडपा 'जो' ने फुसफुसाते हुए कहा। उत्साह के मारे उनकी आँखें चमक रही थीं।

चार्ली ने हाँ में सिर हिलाया और चॉकलेट बार को उनकी ओर बढ़ा दिया। रैपर पर लिखा था – **वोंका'स नटी क्रंच सरप्राइज़।**

"बढ़िया!" बूढ़े दादा फुसफुसाए, और पलंग पर बैठे हुए ही अपने हाथों को मलते हुए कहा, "अब; इधर चले आओ और मेरे पास बैठ जाओ। हम दोनों इसे मिलकर खोलेंगे। क्या तुम तैयार हो?"

"हाँ," चार्ली ने कहा। "मैं तैयार हूँ।"

"ठीक है। पहले तुम इसे थोड़ा फाड़ दो।"

"नहीं," चार्ली ने कहा, "आपने इसके लिए पैसे दिए हैं। आप ही इसे पूरा खोलें।"

रैपर को टटोलते हुए बूढ़े दादा की अँगुलियाँ बुरी तरह से काँप रही थीं। "कोई उम्मीद नहीं है, सच में," उन्होंने बुदबुदाते हुए और दबी हुई हँसी हँसते हुए कहा। "तुम जानते हो ना कि कोई उम्मीद नहीं है, है ना?"

"जी," चार्ली ने कहा। "मैं जानता हूँ।"

दोनों ने एक दूसरे को देखा। फिर दोनों ने एक घबराई हुई हँसी हँसना शुरू कर दिया।

"ध्यान रहे," ग्रैंडपा 'जो' ने कहा, "बहुत कम संभावना है कि यह वही हो, मानते हो कि नहीं?"

"जी," चार्ली ने कहा। "बेशक। आप इसे खोल क्यों नहीं रहे, ग्रैंडपा?"

"थोड़ी देर में, मेरे बच्चे, थोड़ी देर में। तुम्हें क्या लगता है कि मुझे कौन-सा सिरा पहले खोलना चाहिए।"

"वह वाला, जो आपसे सबसे ज़्यादा दूर है। बस, उसे हल्का-सा फाड़ें। लेकिन इतना नहीं कि हमें कुछ नज़र आए।"

"इस तरह से?" बूढ़े दादा ने कहा।

"हाँ। अब थोड़ा-सा और।"

"तुम इसे पूरा करो," ग्रैंडपा 'जो' ने कहा। "मैं बहुत घबरा रहा हूँ।"

"नहीं, ग्रैंडपा। आपको यह खुद करना चाहिए।"

"बहुत अच्छे, फिर। यह रहा।" इतना बोलते हुए उन्होंने रैपर फाड़ दिया।

दोनों ने घूरकर देखा कि अंदर क्या रखा है। लेकिन वहाँ सिर्फ़ एक चॉकलेट बार था, और कुछ भी नहीं।

अचानक ही दोनों को इस पूरे घटनाक्रम का मज़ेदार पहलू नज़र आने लगा। फिर सहसा ही दोनों के मुख से हँसी के फ़व्वारे छूट पड़े।

"क्या चल रहा है!" उधर नींद से अचानक उठते हुए ग्रैंडमा जोसफ़िन ने कहा।

"कुछ नहीं," ग्रैंडपा 'जो' ने कहा। "तुम वापस सोने चली जाओ।"

10

परिवार के भूखों मरने की नौबत आना

अगले दो सप्ताह में मौसम बहुत ठंडा हो गया। पहले बर्फ़ गिरी। दरअसल, एक दिन चार्ली बकेट स्कूल जाने के लिए तैयार हो रहा था तभी अचानक बर्फ़ पड़नी शुरू हो गई। वह खिड़की के पास खड़ा था। तभी उसने बर्फ़ के बड़े-बड़े टुकड़ों को आसमान से आहिस्ता-आहिस्ता नीचे गिरते हुए देखा। बर्फ़ीले आसमान का रंग स्टील के रंग-सा दिख रहा था।

शाम होते-होते तक उनके छोटे घर के चारों ओर चार फ़ीट तक बर्फ़ पड़ चुकी थी। मिस्टर बकेट को सामने के दरवाज़े से सड़क तक जाने के लिए एक रास्ता खोदना पड़ा था।

बर्फ़बारी के बाद बर्फ़ीली आँधी का दौर आया, जो कई दिनों तक बिना रुके चलता रहा। ओह, कितने कड़ाके की ठंड थी! चार्ली कुछ भी छूता था तो उसे ऐसा लगता था कि मानो वह बर्फ़ की बनी हुई है। हर बार जब वह दरवाज़े के बाहर क़दम रखता तब ऐसा लगता था कि तेज़ हवा चाकू की तरह उसके चेहरे पर प्रहार कर रही है।

घर के अंदर खिड़कियों के किनारों और दरवाज़ों के नीचे से ठंडी हवा के झोंके सनसनाते हुए अंदर आते थे। और तब उनसे बचने का कोई उपाय नहीं होता था। चारों बुज़ुर्ग अपने बिस्तर में सिकुड़कर बैठे रहते थे। दरअसल, वे चुपचाप पड़े रहकर अपनी हड्डियों को कड़कती हुई ठंड से बचाने का प्रयास करते रहते थे। गोल्डन टिकटों को लेकर उनका उत्साह कब का ठंडा पड़ चुका था। परिवार में अब हर कोई सिर्फ़ दो सबसे महत्त्वपूर्ण समस्याओं; यानी खुद को गर्म रखने और पर्याप्त भोजन जुटाने के अलावा अब किसी चीज़ के बारे में नहीं सोच रहा था।

सर्दी के मौसम में कुछ तो ऐसी बात होती है कि लोगों की भूख बहुत ज़्यादा बढ़ जाती है। हममें से ज़्यादातर लोग खुद को इस मौसम में भाप में धीमी आँच पर पकी हुई गरमा-गर्म मसालेदार चीज़ें, या फिर गरमा-गर्म एपल पाई, या कोई दूसरा गर्म और स्वादिष्ट भोजन खाने के लिए लालायित पाते हैं। क्योंकि हम सब को अहसास ही नहीं कि हम कितने भाग्यशाली हैं। हम जो चाहते हैं वह हमें कमोबेश मिल ही जाता है। लेकिन चार्ली बकेट ने जो भी चाहा वह उसे कभी नहीं मिल पाया, क्योंकि उसका परिवार उतना समर्थ नहीं था। और एक तरफ़ जहाँ सर्दी का मौसम रुकने का नाम नहीं ले रहा था, वहीं दूसरी तरफ़ चार्ली की भूख दिन-ब-दिन बढ़ती चली जा रही थी। चॉकलेट के दोनों बार; एक वह जो उसे जन्मदिन के अवसर पर मिला था और दूसरा वह जो ग्रैंडपा 'जो' ने ख़रीदा था; चार्ली कब का कुतर-कुतर कर ख़त्म कर चुका था। और अब उसे भोजन के नाम पर क्या मिलता था, दिन में तीन बार पत्ता गोभी का बना पतला सालन।

फिर अचानक हल्का-फुल्का मिलने वाला यह भोजन भी और पतला होने लगा।

दरअसल, जिस टूथपेस्ट फ़ैक्ट्री में मिस्टर बकेट काम करते थे वह अप्रत्याशित रूप से दिवालिया हो गई थी। फ़ैक्ट्री में ताला पड़ गया। मिस्टर बकेट ने दूसरी नौकरी की तलाश तो की, लेकिन क़िस्मत ने साथ नहीं दिया। अंत में वह बेलचे की मदद से सड़कों पर जमी बर्फ़ को निकालकर कुछ पैसे कमा रहे थे। लेकिन इतने पैसे सात लोगों के परिवार की ज़रूरत के हिसाब से उसका एक-चौथाई भोजन तक ख़रीद पाने के लिए पर्याप्त नहीं होते थे। परिस्थिति बड़ी गंभीर होती जा रही थी। अब नाश्ते में हर व्यक्ति को ब्रेड की सिर्फ़ एक स्लाइस मिल रही थी। वहीं दिन के खाने में आधा उबला हुआ आलू ही नसीब हो पा रहा था।

धीरे-धीरे, लेकिन निश्चित रूप से पूरे परिवार के सामने भूखों मरने की नौबत आ गई।

और हर दिन नन्हा चार्ली बकेट बर्फ़ पर पाँव घसीटते हुए स्कूल जाता था। रास्ते में उसे मिस्टर विली वोंका की विशाल चॉकलेट फ़ैक्ट्री के पास से गुज़रना पड़ता था। और हर दिन जब वह फ़ैक्ट्री के नज़दीक पहुँचता तो अपनी नाक ऊपर उठाता और पिघलती हुई चॉकलेट की मीठी खुशबू भीतर लेता था। कभी-कभी वह गेट के बाहर निस्तब्ध होकर मिनटों तक खड़ा हो

जाता था, और लंबी गहरी साँसें लेता रहता था, मानो वह उस सुगंध को ही खाने की कोशिश कर रहा हो।

"वह बच्चा," एक बर्फ़ीली सुबह ग्रैंडपा 'जो' ने कंबल से अपना सिर बाहर निकालते हुए कहा। "उस बच्चे को ज़्यादा भोजन मिलना चाहिए। हमारे लिए इतना ज़रूरी नहीं है। हम इतने बूढ़े हो चुके हैं कि हमारी चिंता करना व्यर्थ है। लेकिन एक बढ़ता हुआ बच्चा! उसका काम इस तरह से नहीं चल सकता! वह एक कंकाल-सा दिखने लगा है।"

"कोई क्या कर सकता है?" ग्रैंडमा जोसफ़िन ने दुखी स्वर में बुदबुदाते हुए कहा। "वह हम लोगों में से किसी का भी भोजन खाने से इंकार करता है। मैंने उसकी माँ को आज सुबह नाश्ते के समय उसकी प्लेट में अपनी ब्रेड की स्लाइस डालने की कोशिश करते हुए सुना था। लेकिन वह उसे छूने तक को तैयार नहीं था। उसने उसे वापस लेने के लिए मजबूर कर दिया।"

"वह एक प्यारा-सा छोटा लड़का है," ग्रैंडपा जॉर्ज ने कहा। "वह बेहतर पाने का हक़दार है।"

लेकिन बेरहम मौसम था, जो रुकने का नाम नहीं ले रहा था।

और उधर हर गुज़रते दिन के साथ चार्ली बकेट और अधिक दुबला होता चला जा रहा था। भूख की वजह से उसका चेहरा भयावह तरीक़े से पीला पड़ गया था। गालों के पास त्वचा इस तरह खिंच गई थी कि उसके नीचे हड्डियों का आकार साफ़ नज़र आने लगा था। अब तो यह संदिग्ध ही लग रहा था कि वह इस तरह ज़्यादा दिन बिना बुरी तरह बीमार हुए अपना काम चला पाएगा।

लेकिन कठिनाई के समय में छोटे बच्चों में एक विलक्षण समझ विकसित हो जाती है। अब उसी समझ और एक शांत भाव के साथ उसने अपने काम करने के तरीक़ों में छोटे-छोटे बदलाव लाने शुरू कर दिए ताकि वह अपनी ताक़त बचा सके। अब वह सुबह स्कूल जाने के लिए दस मिनट जल्दी निकल जाया करता था ताकि वह आहिस्ता-आहिस्ता चलते हुए स्कूल पहुँच जाए और उसे भागना नहीं पड़े। ब्रेक के दौरान वह क्लासरूम में चुपचाप बैठा हुआ आराम करता रहता था। वहीं दूसरे बच्चे दौड़ते हुए बाहर चले जाते थे, एक-दूसरे पर बर्फ़ के गोले फेंका करते थे और बर्फ़ में एक दूसरे के साथ कुश्ती किया करते थे। अब वह सब कुछ धीरे-धीरे और ध्यानपूर्वक करता था ताकि उसे थकान नहीं हो।

फिर एक दिन दोपहर की बात है। वह वापस घर जा रहा था। बर्फ़ीली हवा उसके चेहरे पर थपेड़े मार रही थी। (और संयोग से उस दिन उसे भूख भी ज़्यादा लग रही थी। ऐसी भूख जो उसे पहले कभी महसूस नहीं हुई थी।) तभी अचानक उसकी नज़र बर्फ़ से ढ़ंके गटर पर पड़ी चाँदी की किसी चमकती हुई चीज़ पर पड़ी। चार्ली फ़ुटपाथ से नीचे उतरा और उस चीज़ का मुआयना करने के नीचे झुका। उस वस्तु का कुछ हिस्सा ज़मीन के अंदर दबा हुआ था, लेकिन चार्ली को तुरंत दिखाई पड़ गया कि वह क्या है।

वह पचास पेंस का सिक्का था!

उसने तुरंत अपने आस-पास देखा।

क्या किसी ने उसे गिरा दिया है?

नहीं; यह संभव नहीं था, क्योंकि उसका कुछ हिस्सा ज़मीन में दबा हुआ था।

उधर सड़क पर कई लोग उसके पास से तेज़ी से गुज़रते हुए जा रहे थे। उनकी ठुड्डियाँ उनकी कोट के कॉलर की ओर झुकी हुई थीं। उनके बर्फ़ पर चलने की वजह से चर-चर की आवाज़ आ रही थी। कोई भी पैसों की तलाश नहीं कर रहा था। ना ही कोई इस बात पर भी ध्यान दे रहा था कि एक छोटा लड़का गटर के पास उकड़ूँ होकर बैठा हुआ था।

तो क्या अब ये पचास पेंस उसके हो गए हैं?

क्या वह उन्हें ले सकता है?

चार्ली ने बड़े ध्यान से सिक्के को बर्फ़ के अंदर से निकाला। वह थोड़ा गीला हो चुका था। मैला भी था। लेकिन वैसे वह पूरी तरह से ठीक था।

***एक पूरा** पचास पेंस!*

उसने सिक्के को कसकर अपनी ठंड से काँपती हुई अँगुलियों के बीच पकड़ लिया। वह उसे नज़र गड़ाकर देखे जा रहा था। इस वक़्त इस सिक्के का उसके लिए सिर्फ़ एक मतलब था। **भोजन।**

फिर क्या, चार्ली स्वतः ही मुड़ गया। उसके क़दम अपने आप ही उसे सबसे नज़दीक वाली दुकान पर ले जा रहे थे। वह सिर्फ़ दस क़दम की दूरी पर था... यह एक अख़बार और स्टेशनरी की दुकान थी। ऐसी दुकान जहाँ मिठाइयों से लेकर सिगार तक सब कुछ बेचा जाता था... अब वह क्या करेगा, उसने खुद से फुसफुसाते हुए कहा... वह अपने लिए एक स्वादिष्ट चॉकलेट बार ख़रीदेगा और उसे पूरा खा जाएगा। उसका एक-एक टुकड़ा, वहीं और उसी वक़्त... और बाक़ी का पैसा वह सीधा घर ले जाएगा और अपनी माँ को दे देगा।

11

चमत्कार

चार्ली दुकान के अंदर गया। उसने नम हो चुके पचास पेंस के सिक्के को काउंटर पर रख दिया।

"एक वोंका'स विह्पल स्क्रम्प्शस फ़जमैलो डिलाइट," उसने बर्थडे पर मिली चॉकलेट बार को याद करते हुए कहा। वाकई वह चॉकलेट बार उसे कितना पसंद आया था।

काउंटर के पीछे बैठा आदमी मोटा-ताज़ा और अच्छे घर का खाया-पिया लग रहा था। बड़े-बड़े होंठ, मोटे गाल और बहुत ही मोटी गर्दन। गर्दन के पास जमी चर्बी तहों में उसके कॉलर के आसपास किसी रबर रिंग की तरह इकट्ठी हो गई थी। वह मुड़ा और उसने अपने पीछे रखे चॉकलेट बार को उठाया। फिर वह वापस मुड़ा और उसने वह चॉकलेट बार चार्ली को थमा दिया। चार्ली ने उसे झपटकर पकड़ लिया और गज़ब की फुर्ती दिखाते हुए रैपर फाड़ डाला। फिर क्या, उसने झटपट चॉकलेट का एक बड़ा टुकड़ा मुँह में ले लिया। फिर उसने एक और टुकड़ा काटा... और फिर एक और... और ओह, किसी ठोस मीठी चीज़ के बड़े-बड़े टुकड़ों को मुँह में ठूँस पाने का आनंद! समृद्ध ठोस भोजन से अपने मुँह को भर पाने का निरा आनंद।

"ऐसा लगता है कि तुम वास्तव में उसे चाहते थे, बच्चे," दुकानदार ने प्यार से कहा।

चार्ली ने हाँ में सिर हिलाया। उसका मुँह चॉकलेट से भरा हुआ था।

दुकानदार ने चार्ली के छुट्टे पैसे काउंटर पर रख दिए। "आराम से," उसने कहा। "अगर तुम उसे बिना चबाए इस तरह से निगलोगे तो तुम्हें पेट में दर्द हो जाएगा।"

चार्ली तेज़ी के साथ चॉकलेट निगलता चला गया। वह खुद को रोक नहीं पा रहा था। आधा मिनट से भी कम समय लगा होगा, इतने में

पूरी-की-पूरी चॉकलेट उसके गले से नीचे जाकर ग़ायब हो चुकी थी। उसकी साँसें भी फूल रहीं थीं। लेकिन वह असाधारण और अद्भुत रूप से प्रसन्न महसूस कर रहा था। उसने अपना हाथ छुट्टे पैसों के लिए आगे बढ़ाया। फिर ना जाने क्या हुआ, वह रुक गया। उसकी आँखें काउंटर की सतह पर टिकी हुई थीं। वह वहाँ पड़े चाँदी के सिक्कों को देखे जा रहा था। वहाँ पर पाँच पेनी के सिक्के रखे हुए थे। कुल मिलाकर वहाँ नौ सिक्के रखे हुए थे। निश्चित रूप से अगर वह सिर्फ़ एक और सिक्का भी ख़र्च कर ले तो कोई ख़ास फ़र्क़ नहीं पड़ेगा...

"मैं सोच रहा हूँ," उसने आहिस्ता से कहा, "मैं सोच रहा हूँ... कि मैं उन चॉकलेट बारों में से एक और चॉकलेट बार ले लूँ। वही जो मैंने पिछली बार लिया था, प्लीज़।"

"क्यों नहीं?" उस मोटे दुकानदार ने कहा। वह फिर पीछे मुड़ा और उसने शेल्फ़ से दूसरी विह्पल स्क्रम्प्शस फ़जमैलो डिलाइट निकालकर काउंटर पर रख दी।

चार्ली ने उसे उठाया और रैपर फाड़ा... और अचानक... रैपर के नीचे से तेज़ सुनहरी चमक आई।

चार्ली के दिल की धड़कन रुक गई।

"यह एक गोल्डन टिकट है!" दुकानदार हवा में लगभग एक फ़ुट तक उछलते हुए चिल्लाया। "तुम्हें गोल्डन टिकट मिला है! तुम्हें गोल्डन टिकट

मिला है! तुम्हें आख़िरी गोल्डन टिकट मिल गया है! हे, क्या तुम्हें यक़ीन होगा! सब लोग आओ, और देखो! इस लड़के को वोंका का आख़िरी टिकट मिल गया है! वह रहा! वह ठीक उसके हाथों में है!"

ऐसा लग रहा था कि दुकानदार को दौरा ही पड़ जाएगा। "मेरी दुकान में भी!" वह चिल्लाया। "उसे यह मेरी इस छोटी-सी दुकान में मिला है! जाओ कोई जल्दी से अख़बार वालों को बुलाओ और उन्हें बताओ। अब ध्यान से, बच्चे! ऐसा ना हो कि खोलते समय वह फट जाए। वह बहुत क़ीमती चीज़ है!"

बस, फिर तो कुछ पलों में ही लगभग बीस लोगों का हुजूम चार्ली के इर्द-गिर्द इकट्ठा हो गया। बाहर सड़क से कई लोग धक्का-मुक्की कर अंदर आने की कोशिश कर रहे थे। सभी गोल्डन टिकट और उसे खोजने वाले की एक झलक पाना चाहते थे।

"वह कहाँ है?" किसी ने चिल्लाते हुए कहा। "उसे ऊपर उठाओ ताकि हम सब देख पाएँ!"

"वह वहाँ है, वहाँ!" कोई और चिल्लाया। "उसने उसे अपने हाथों में पकड़ा हुआ है! देखो वह सुनहरी चमक!"

"मैं जानना चाहूँगा कि वह उसे ढूँढ़ पाने में कामयाब कैसे हो गया?" एक बड़े लड़के ने गुस्से से भरकर ज़ोर से चिल्लाते हुए कहा। "मैं पिछले कई हफ़्तों से रोज़ बीस चॉकलेट बार ख़रीद रहा हूँ।"

"ज़रा सोचो उसे अब वे सारी मुफ़्त की चीज़ें भी साथ में मिलेंगी!" एक दूसरे लड़के ने ईर्ष्या से कहा। "जीवन भर की आपूर्ति!"

"उसे उसकी ज़रूरत पड़ेगी, सूखा हुआ मछली का काँटा," एक लड़की ने हँसते हुए कहा।

अब तक चार्ली अपनी जगह से हिला भी नहीं था। उसने अभी तक चॉकलेट बार को खोलकर गोल्डन टिकट भी नहीं निकाला था। वह बस अपनी जगह पर स्थिर खड़ा था। उसने अपने दोनों हाथों में चॉकलेट बार को कसकर पकड़ा हुआ था। दूसरी तरफ़ उसके आसपास भीड़ धक्का-मुक्की कर चिल्ला-चोट कर रही थी। उसे अब हल्का चक्कर-सा आता हुआ महसूस हुआ। एक अजीब तैरने जैसी संवेदना उस पर छा रही थी। मानो वह हवा में तैरता हुआ कोई गुब्बारा है। उसे अब अपने पैर ज़मीन को छूते हुए

बिलकुल महसूस नहीं हो रहे थे। उसे अपने गले में कहीं पर अपने दिल के ज़ोर-ज़ोर से धड़कने की आवाज़ सुनाई दे रही थी।

उसी क्षण उसे अपने कंधों पर एक हाथ महसूस हुआ। जब उसने सिर उठाकर ऊपर देखा तो एक लंबा आदमी उसके पास खड़ा हुआ था। "सुनो," उस आदमी ने फुसफुसाते हुए कहा, "मैं तुमसे यह ख़रीद लूँगा। मैं तुम्हें इसके लिए पचास पाउंड्स दूँगा। कैसा रहेगा, हाँ? साथ ही मैं तुम्हें एक साइकल भी दूँगा। ओके?"

"क्या तुम पागल हो?" पास में ही खड़ी एक औरत ने चिल्लाते हुए कहा। "अरे, मैं उसे उस टिकट के लिए दो सौ पाउंड्स दूँगी! क्या तुम उस टिकट को दो सौ पाउंड्स में बेचना चाहोगे, लड़के?"

"बस, बहुत हो गया," उस मोटे दुकानदार ने चिल्लाते हुए कहा। वह भीड़ को ठेलते हुए आगे आया और उसने चार्ली की बाँहों को कसकर पकड़ते हुए कहा, "उस बच्चे को अकेला छोड़ दो! उधर रास्ता बनाओ! उसे जाने दो!" और फिर चार्ली को दरवाज़े के पास लेकर जाते हुए उसने फुसफुसाते हुए कहा, "यह किसी को लेने नहीं देना! इसे सीधे घर ले जाओ। जल्दी। इससे पहले कि तुम इसे कहीं खो दो। दौड़ते हुए जाओ और वहाँ पहुँचने से पहले रुकना नहीं, समझे तुम?"

चार्ली ने सिर हिलाया।

"क्या तुम जानते हो," उस मोटे दुकानदार ने थोड़ा रुकते हुए और चार्ली को मुस्कराकर देखते हुए कहा, "मुझे ऐसा लग रहा था कि तुम्हें इस तरह का कोई अवसर मिलना चाहिए। मुझे बहुत खुशी है कि तुम्हें यह मिला। गुड लक, बच्चे।"

"थैंक्यू," चार्ली ने कहा। और वह वहाँ से दौड़ते हुए चला गया। बर्फ़ में वह जितनी तेज़ी के साथ भाग सकता था, भाग रहा था। वह मिस्टर विली वोंका की फ़ैक्ट्री के पास तेज़ी से गुज़रते हुए मुड़ा और उसे देखकर अपने हाथ हिलाने लगा। फिर उसने जाते-जाते तेज़ आवाज़ में कहा, "मैं जल्द-ही आपसे मिलूँगा। मैं जल्द-ही आपसे मिलूँगा!" और पाँच मिनट बाद वह अपने घर पहुँच गया।

12

गोल्डन टिकट पर क्या लिखा था

चार्ली सामने के दरवाज़े से दनदनाते हुए और चिल्लाते हुए अंदर आया, “माँ! माँ! माँ!”

मिसेज़ बकेट बुज़ुर्गों के कमरे में थी और उन्हें शाम का सूप परोस रही थीं।

“माँ!” चार्ली ने चिल्लाते हुए कहा। वह तूफ़ान की तरह सनसनाता हुआ उन तक पहुँच गया। “देखो! मुझे यह मिला गया! देखो, माँ, देखो! आख़िरी गोल्डन टिकट! यह मेरा है! मुझे सड़क पर कुछ पैसे गिरे हुए मिले थे। मैंने दो चॉकलेट बार ख़रीदे। और दूसरे वाले में यह गोल्डन टिकट था। और वहाँ इसे देखने के लिए लोगों की भीड़ इकट्ठी हो गई थी। लेकिन दुकानदार ने मुझे वहाँ से निकाल लिया। और मैं दौड़ते हुए घर आ गया। और मैं यहाँ हूँ! **यह पाँचवाँ गोल्डन टिकट है, माँ, और, इसे मैंने खोजा है!”**

मिसेज़ बकेट स्तब्ध होकर खड़ी रहीं। वह बस उसे एकटक देखे जा रही थीं। वहीं पलंग पर बैठे, सूप के कटोरे को अपनी-अपनी गोद में संतुलित कर रहे दादा-दादी और नाना-नानी का हाल तो ऐसा हुआ कि उनकी चम्मचें खट की आवाज़ के साथ कटोरे में ही गिर गईं। ऐसा लग रहा था कि मानो सब-के-सब अपने तकिए पर ही जम गए हों।

लगभग दस सेकेंड तक पूरे कमरे में संपूर्ण शांति छा गई। कोई भी कुछ बोलने या हिलने की हिम्मत नहीं जुटा पा रहा था। यह वाकई एक जादुई क्षण था।

फिर, बहुत आहिस्ता से, ग्रैंडपा ‘जो’ ने कहा, “तुम हमारी टाँगें खींच रहे हो, चार्ली, है ना? तुम मज़ाक़ कर रहे हो?”

"नहीं! मैं नहीं कर रहा हूँ।" चार्ली ने कहा। इतना कहते हुए वह दौड़ते हुए पलंग के पास चला गया। उसने अपने हाथों में रखा वह सुंदर और आकार में बड़ा गोल्डन टिकट बढ़ा दिया ताकि वह उसे देख पाएँ।

ग्रैंडपा 'जो' आगे झुके और उसे क़रीब से देखने लगे। इतना क़रीब की उनकी नाक टिकट को लगभग छू रही थी। उधर बाक़ी लोग ग्रैंडपा 'जो' की ओर टकटकी बाँधकर उनके फ़ैसले का इंतज़ार कर रहे थे।

बहुत ही आहिस्ता-आहिस्ता ग्रैंडपा 'जो' ने अपना सिर ऊपर उठाया। उनके चेहरे पर एक लुभावनी मुस्कान बिखर आई थी। उन्होंने सीधे चार्ली को देखा। उनके गालों पर रंग छाने लगा था। आँखें चौड़ी हो गई थीं और उनमें खुशी साफ़ झलक रही थी। और दोनों आँखों के ठीक बीचों-बीच यानी उनकी पुतलियों में जोश-से भरे उत्साह की एक हल्की चिंगारी नाचती हुई नज़र आ रही थी। बूढ़े दादा ने लंबी गहरी साँस ली। लेकिन फिर अचानक बिना किसी चेतावनी के ऐसा लगने लगा कि उनके भीतर कोई विस्फोट हो रहा है। उन्होंने अपने हाथ हवा में उठा लिए और ज़ोर से चिल्लाए, "यिप्पी!" और फिर उसी क्षण उनका लंबा हड्डीदार शरीर बिस्तर पर सीधा खड़ा हो गया। उनका सूप का कटोरा उड़कर सीधा ग्रैंडमा जोसफ़िन के चेहरे पर जा गिरा। और फिर एक शानदार छलाँग के साथ साढ़े छियानवे वर्ष का यह व्यक्ति, जो पिछले बीस वर्षों से अपने पलंग से बाहर नहीं आया था, फ़र्श पर कूद गया और अपने पायजामे में ही जीत की खुशी में नाचने लगा।

"यिप्पीईईईईईईईईई!" वह ज़ोर से चिल्लाए। "चार्ली के लिए तीन चीयर्स! हिप, हिप, हुर्रे!"

तभी उसी क्षण दरवाज़ा खुला। मिस्टर बकेट ने कमरे में प्रवेश किया। उनका शरीर ठंडा था। चेहरे पर थकान स्पष्ट झलक रही थी। होती भी क्यों ना, आख़िर वह दिन भर से सड़कों की बर्फ़ जो हटा रहे थे।

"क्राइप्स!" वह बोले। "यहाँ क्या चल रहा है?"

सब लोगों को मिस्टर बकेट को बताने में ज़्यादा वक्त नहीं लगा कि क्या हुआ है।

"मुझे विश्वास नहीं हो रहा," मिस्टर बकेट ने कहा। "यह नामुमकिन है।"

"उन्हें टिकट दिखाओ, चार्ली," ग्रैंडपा 'जो' ने चिल्लाते हुए कहा। वह अभी भी अपने धारीदार पायजामे में किसी दरवेश की भाँति फ़र्श पर नाच रहे थे। "अपने पिता को दुनिया का पाँचवाँ और आख़िरी गोल्डन टिकट दिखाओ।"

"मुझे देखने दो, चार्ली," मिस्टर बकेट ने कुर्सी पर लुढ़कते हुए और अपना हाथ आगे बढ़ाते हुए कहा। चार्ली उस क़ीमती दस्तावेज़ को लेकर आगे आ गया।

वास्तव में वह गोल्डन टिकट बहुत ही ख़ूबसूरत चीज़ थी। ऐसा लग रहा था कि शुद्ध सोने को पीट-पीटकर लगभग काग़ज़ के जितना पतला कर दिया गया है। उसकी एक तरफ़ किसी कुशल विधि से चमकीले काले रंग के अक्षरों से मिस्टर वोंका द्वारा दिया गया आमंत्रण छपा था।

"ज़ोर से पढ़ो," ग्रैंडपा 'जो' ने आख़िरकार बिस्तर पर वापस चढ़ते हुए कहा। "चलो हम सब ठीक से सुनते हैं कि आख़िर इसमें क्या कहा गया है।"

मिस्टर बकेट उस सुंदर गोल्डन टिकट को अपनी आँखों के क़रीब ले आए। इस वक़्त उनके हाथ हल्के-हल्के काँप रहे थे। ऐसा लग रहा था कि मानो इस पूरे घटनाक्रम ने उन्हें अंदर तक अभिभूत कर दिया है। उन्होंने कई गहरी साँसें लीं। फिर उन्होंने अपना गला साफ़ किया, और कहा, "ठीक है, मैं इसे पढ़ता हूँ। यह रहा :

'मिस्टर विली वोंका की ओर से इस गोल्डन टिकट को खोजने वाले भाग्यशाली व्यक्ति का अभिवादन! मैं आपका हाथ पकड़कर गर्मजोशी के साथ आपको बधाई देता हूँ। अद्भुत चीज़ें आपका इंतज़ार कर रही हैं। बहुत-से कमाल के आश्चर्य आपकी प्रतीक्षा कर रहे हैं। फ़िलहाल, मैं आपको अपनी फ़ैक्ट्री में आने, और पूरे एक दिन तक मेरा मेहमान बनने का आमंत्रण देता हूँ; आप और वह सब जो मेरा गोल्डन टिकट खोज पाने में भाग्यशाली रहे हैं। मैं, विली वोंका, व्यक्तिगत रूप से आपको फ़ैक्ट्री का भ्रमण कराऊँगा। मैं आपको हर देखने लायक़ चीज़ दिखाऊँगा। और फिर, जब जाने का वक़्त आएगा तब बड़े-बड़े ट्रकों के एक काफ़िले के साथ आपको अपने-अपने घरों तक पहुँचाया जाएगा। मैं आपसे वादा कर सकता हूँ कि ये ट्रक पर्याप्त स्वादिष्ट भोजन से लदे होंगे, जो कई वर्षों तक आपके और आपके पूरे परिवार के काम आएँगे। यदि इसके बाद कभी भी आपके लिए आपूर्ति कम पड़ जाए तो

आपको केवल फ़ैक्ट्री में वापस आना होगा और अपना गोल्डन टिकट दिखाना होगा। आपको जो भी चाहिए होगा मुझे उन चीज़ों से आपकी अलमारी भरने में खुशी होगी। इस प्रकार आप अपने पूरे जीवन के लिए स्वादिष्ट भोजन की आपूर्ति सुनिश्चित कर पाएँगे। लेकिन यह किसी भी मायने में आपकी यात्रा के दिन घटने वाली सबसे रोमांचक चीज़ नहीं है। मैं आपके और मेरे सभी प्यारे गोल्डन टिकट धारकों के लिए अन्य कई अद्भुत और शानदार आश्चर्यों की तैयारी कर रहा हूँ; ऐसे रहस्यमयी और अद्भुत आश्चर्य जो आपको हद से ज़्यादा मंत्रमुग्ध, आनन्दित, मोहित, चकित और हैरान करेंगे। आप अपने सपने में भी कल्पना नहीं कर सकते कि आपके साथ ऐसी चीज़ें घट सकती हैं। सिर्फ़ इंतज़ार करें और देखें! और अब आपके लिए निर्देश : मैंने भ्रमण के लिए जो दिन चुना है, वह फ़रवरी के महीने का पहला दिन है। किसी और दिन नहीं, बल्कि सिर्फ़ इस दिन आपको ठीक सुबह दस बजे फ़ैक्ट्री की गेट पर आना होगा। देर नहीं करें! और आपको अपने परिवार के एक या दो सदस्यों को अपने साथ लाने की अनुमति है, जो आपका ध्यान रखेंगे और जो यह सुनिश्चित करेंगे कि आप कोई शरारत तो नहीं कर रहे हैं। एक और बात; आपको यह सुनिश्चित करना होगा कि यह टिकट आपके पास ही हो, अन्यथा आपको प्रवेश नहीं दिया जाएगा।

(हस्ताक्षरित) विली वोंका।'

"फ़रवरी का पहला दिन!" मिसेज़ बकेट ने चौंकते हुए कहा। "लेकिन वह तो कल है। आज जनवरी का आख़िरी दिन है। मुझे यह पता है।"

"क्राइप्स!" मिस्टर बकेट ने कहा। "मुझे लगता है कि तुम सही कह रही हो।"

"तुम बिलकुल सही समय पर हो!" ग्रैंडपा 'जो' ने चिल्लाते हुए कहा। "गँवाने के लिए अब एक भी क्षण नहीं है। तुम्हें तुरंत तैयारियाँ शुरू कर देनी चाहिए! अपना मुँह धो लो, बालों को कंघी करो, हाथों को रगड़ कर साफ़ करो, दाँतों को ब्रश करो, नाक साफ़ करो, अपने नाख़ूनों को काटो, जूते पॉलिश करो, अपनी शर्ट को इस्त्री करो, और भगवान के लिए, अपने पैंट से कीचड़ साफ़ करो! तुम्हें तैयार हो जाना चाहिए, मेरे बच्चे! तुम्हें अपनी ज़िंदगी के सबसे बड़े दिन के लिए तैयार हो जाना चाहिए!"

"ग्रैंडपा, आप इतना ज़्यादा उत्तेजित नहीं हों," मिसेज़ बकेट ने कहा। "और बेचारे चार्ली को डराएँ नहीं। हम सब को शांत रहने की कोशिश करनी चाहिए। हमें सबसे पहले यह फ़ैसला करना होगा कि चार्ली के साथ फ़ैक्ट्री में कौन जाएगा?"

"मैं जाऊँगा," ग्रैंडपा 'जो' ने बिस्तर से उछलकर बाहर आते हुए और चिल्लाते हुए कहा। "मैं उसे लेकर जाऊँगा। मैं उसका ख़याल रखूँगा। तुम इसे मुझ पर छोड़ दो!"

मिसेज़ बकेट बूढ़े दादा को देखकर मुस्कराईं। फिर वह अपने पति की तरफ़ मुड़ते हुए बोलीं, "आपका क्या इरादा है, डियर? क्या आपको नहीं लगता कि आपको जाना चाहिए।"

"ख़ैर..." मिस्टर बकेट ने सोचने के लिए थोड़ा रुकते हुए कहा, "नहीं... मैं बहुत ज़्यादा यक़ीन के साथ नहीं कह सकता कि मुझे जाना ही चाहिए।"

"लेकिन आपको तो ज़रूर जाना चाहिए।"

"इसमें कोई ज़रूर वाली बात नहीं है, डियर," मिस्टर बकेट ने बड़ी मृदुता से कहा। "ध्यान रहे, मुझे जाना अच्छा लगेगा। यह बहुत ही ज़्यादा रोमांचकारी होगा। लेकिन दूसरी तरफ़... मुझे लगता है कि हम सब में से जाने के सबसे ज़्यादा हक़दार ग्रैंडपा 'जो' हैं। उन्हें इसके बारे में हम सबसे ज़्यादा पता है। हाँ, बशर्ते कि... वह ठीक महसूस कर रहे हों।"

"यिप्पीईईईईईईईई!"" ग्रैंडपा 'जो' ने चिल्लाते हुए कहा, और इसके साथ ही उन्होंने चार्ली का हाथ पकड़कर कमरे में नाचना शुरू कर दिया।

"वास्तव में, ऐसा लग रहा है कि वह काफ़ी अच्छा महसूस कर रहे हैं," मिसेज़ बकेट ने हँसते हुए कहा। "हाँ... शायद आप सही कह रहे हैं। शायद ग्रैंडपा 'जो' को ही चार्ली के साथ जाना चाहिए। मैं खुद बाक़ी बुज़ुर्गों को एक पूरे दिन बिस्तर पर अकेला छोड़कर नहीं जा सकती।"

"हलेलुइया!" ग्रैंडपा 'जो' ने फिर चिल्लाते हुए कहा। "भगवान तेरा लाख-लाख शुक्र है!"

उसी क्षण बाहर दरवाज़े पर किसी ने ज़ोर से दस्तक दी। मिस्टर बकेट ने जाकर दरवाज़ा खोला। और अगले ही क्षण पत्रकारों और फ़ोटोग्राफ़रों का हुजूम घर में घुस आया। उन्होंने पाँचवें गोल्डन टिकट का पता लगाने वाले को ढूँढ़ निकाला था। और अब वे अगले दिन सुबह के अपने-अपने अख़बारों के पहले पन्ने के लिए पूरी ख़बर चाहते थे। कई घंटों तक उस छोटे-से घर में कोलाहल मचा रहा। लगभग आधी रात हो जाने के बाद ही मिस्टर बकेट को उनसे छुटकारा मिल पाया था और चार्ली सोने जा पाया।

13

बड़ा दिन आ गया

उस दिन; यानी चार्ली के जीवन के बड़े दिन; सुबह सूरज बहुत तेज़ चमक रहा था। हालाँकि ज़मीन अभी भी बर्फ़ से ढँकी हुई होने के कारण सफ़ेद नज़र आ रही थी। तेज़ सर्द हवा चल रही थी।

पाँचों गोल्डन टिकट धारकों को अंदर जाते हुए देखने के लिए वोंका की फ़ैक्ट्री के गेट के बाहर भारी भीड़ इकट्ठी हो गई थी। चारों ओर ज़बरदस्त उत्साह दिखाई पड़ रहा था। अभी दस बजने में थोड़ा ही समय बाक़ी था। भीड़ धक्का-मुक्की कर रही थी और शोर मचा रही थी। उधर पुलिसकर्मी आपस में हाथ पकड़कर लोगों को गेट के बहुत नज़दीक जाने से रोकने का प्रयास कर रहे थे।

गेट के बिलकुल पास एक छोटे समूह में पाँचों प्रसिद्ध बच्चे व उनके साथ आए हुए वयस्क-जन खड़े थे। पुलिस ने सावधानी बरतते हुए उन्हें भीड़ से सुरक्षित रखा हुआ था।

ग्रैंडपा 'जो' का लंबा हड्डीदार शरीर उन सब लोगों के बीच चुपचाप खड़ा हुआ स्पष्ट नज़र आ रहा था। नन्हा चार्ली बकेट ठीक उनके बगल में ही खड़ा हुआ था। उसने ग्रैंडपा 'जो' का हाथ कसकर पकड़ा हुआ था।

चार्ली को छोड़कर सभी बच्चों के माता-पिता दोनों साथ आए हुए थे। और यह अच्छा ही था। वरना तो उनकी पूरी टोली कब की बेक़ाबू ही हो गई होती। सभी को इतनी जल्दी मची हुई थी कि उनके माता-पिता को ज़ोर-ज़बरदस्ती कर गेट पर चढ़ने से रोकना पड़ा। "सब्र करो!" उनके पिता चिल्ला रहे थे। "शांत खड़े रहो! अभी वक़्त नहीं हुआ है! अभी दस नहीं बजे हैं!"

उनके पीछे खड़े चार्ली बकेट को भीड़ में लोगों के चिल्लाने की आवाज़ स्पष्ट सुनाई पड़ रही थी। भीड़ में धक्का-मुक्की कर उन मशहूर बच्चों की झलक पाने की कोशिश अब भी ज़ारी थी।

"वह रही वायलेट बॉरेगार्ड!" उसने किसी को चिल्लाते हुए सुना। "वह वही है। मुझे उसका चेहरा याद है। अख़बार में देखा था!"

"और क्या तुम जानते हो?" किसी और ने जवाब में चिल्लाते हुए कहा। "वह अभी भी वही गंदा तीन-महीने पुराना च्युइंग गम खा रही है। ज़रा उसके जबड़ों को तो देखो! वह अभी भी उस पर काम कर रहे हैं!"

"वह मोटा लड़का कौन है?"

"वह अगस्टस ग्लूप है!"

"हाँ, वही है!"

"भारी-भरकम डीलडौल वाला है, है ना?"

"शानदार!"

"वह लड़का कौन है, जिसकी विंडचीटर पर 'द लोन रेंजर' की तसवीर स्टैन्सिल से छपी हुई थी?"

"वह माइक टीवी है! वह टेलीविज़न का दीवाना है।"

"वह ज़रूर कोई सिरफिरा होगा! ज़रा वे सारी खिलौना पिस्तौलें तो देखो, जो उसके पास हर जगह लटक रही हैं।"

"मैं जिसे देखना चाहता हूँ, वह वेरुका सॉल्ट है!" भीड़ में एक दूसरी आवाज़ आई। "यह वही लड़की है, जिसके पिता ने पाँच लाख चॉकलेट बार ख़रीदे और फिर अपनी मूँगफली की फ़ैक्ट्री के कर्मचारियों से उसे खुलवाया, जब तक कि उन्हें गोल्डन टिकट मिल नहीं गया! वह उसे हर चीज़ लाकर देता है, जो वह चाहती है! हर चीज़! उसे बस चिल्लाना भर होता है और उसे वह चीज़ मिल जाती है।"

"बहुत बुरा, है ना?"

"मैं तो वीभत्स कहूँगा!"

"तुम्हें क्या लगता है, वह कौन हो सकती है?"

"वह! वह, जो वहाँ बाईं ओर खड़ी है! वह लड़की जिसने सिल्वर मिंक कोट पहना हुआ है!"

"उनमें से चार्ली बकेट कौन है?"

"चार्ली बकेट? ज़रूर वह मछली का सूखा काँटा होगा, जो उस बूढ़े व्यक्ति के साथ खड़ा है, जो कंकाल जैसा दिख रहा है। हमारे बहुत नज़दीक है। बस वहाँ! देखा उसे?"

"उसने इतनी ठंड में कोट क्यों नहीं पहन रखा है?"

"मुझसे मत पूछो। शायद वह एक कोट ख़रीद पाने में समर्थ नहीं है।"

"हे भगवान! ज़रूर ठंड से उसकी कुल्फ़ी जम रही होगी।"

कुछ क़दमों की दूरी पर खड़े हुए चार्ली ने ग्रैंडपा 'जो' का हाथ कसकर दबाया। बूढ़े दादा ने सिर झुकाकर चार्ली की आँखों में देखा और उसकी तरफ़ मुस्कराहट फेंकी।

इसी बीच कुछ दूर पर एक चर्च की घड़ी में दस बजने की आवाज़ आई।

फिर बहुत आहिस्ता-आहिस्ता जंग खा चुके चूलों की चरमराहट की आवाज़ साथ वह बड़ा लोहे का गेट झटके के साथ खुलने लगा।

अचानक भीड़ ख़ामोश हो गई। बच्चों ने उछलना बंद कर दिया। सबकी निगाहें गेट पर गड़ी हुई थीं।

"वह वहाँ है!" किसी ने चिल्लाते हुए कहा। "वह रहा।"

और ऐसा ही था।

14

मिस्टर विली वोंका

फ़ैक्ट्री का गेट खुल चुका था। अंदर मिस्टर वोंका अकेले खड़े हुए नज़र आ रहे थे।

और वह क़द में असाधारण रूप से कितने छोटे थे!

उन्होंने अपने सिर पर काले रंग का टॉप हैट पहन रखा था।

उन्होंने सुंदर भूरे-धूसर रंग के वेल्वेट से बने कपड़े का टेल-कोट पहना हुआ था।

पतलून का रंग गहरा सब्ज़ था।

उन्होंने हल्के धूसर रंग के दस्ताने पहने हुए थे।

और एक हाथ में छड़ी थी, जिसका ऊपरी सिरा बारीक सोने का था।

उनकी ठुड्डी छोटी, साफ़ और नुकीली काले रंग की दाढ़ी से ढँकी हुई थी। और उनकी आँखें; उनकी आँखें अद्भुत रूप से चमकीली थीं। ऐसा लग रहा था कि वह आपकी तरफ़ देखते समय एक ही समय में चमक भी रही थीं और टिमटिमा भी रही थीं। वास्तव में उनका पूरा चेहरा हँसी और मस्ती से दमक रहा था।

और हाँ, वह कितने चालाक नज़र आ रहे थे! वह बहुत तेज़-तर्रार और जीवन से भरे हुए थे। वह अपने सिर को झटके के साथ तेज़ी से हिला-डुला रहे थे। कभी इस तरफ़ तो कभी उस तरफ़। ऐसा लग रहा था कि वह हर चीज़ को अपनी चमकती टिमटिमाती हुई आँखों से अपने भीतर ले रहे हों। बदन में फुर्ती तो किसी गिलहरी की तरह थी, जैसे मानो किसी पार्क में कोई तेज़ चालक बूढ़ी गिलहरी हो।

अचानक उन्होंने बर्फ़ पर फुदकते हुए एक छोटा-सा मज़ेदार नृत्य शुरू कर दिया। और वह अपनी बाँहें फैलाते हुए गेट के पास झुंड में खड़े बच्चों

को देखकर मुस्कराने लगे। फिर उन्होंने आवाज़ दी, “स्वागत है, मेरे नन्हे दोस्तों! फ़ैक्ट्री में आपका स्वागत है।”

उनकी आवाज़ तेज़ और बाँसुरी जैसी थी। “क्या आप लोग एक-एक करके आएँगे, प्लीज़,” उन्होंने आवाज़ देते हुए कहा, “और अपने माता-पिता को साथ लेकर आएँ। फिर मुझे अपना-अपना गोल्डन टिकट दिखाएँ और अपना नाम बताएँ। सबसे पहले कौन आ रहा है?”

बड़े डीलडौल वाला मोटा लड़का आगे बढ़ा। “मैं अगस्टस ग्लूप हूँ,” उसने कहा।

“अगस्टस!” मिस्टर वोंका ने उसका हाथ पकड़कर पूरी ताक़त के साथ ऊपर-नीचे हिलाते हुए उत्साहपूर्वक कहा। “मेरे प्यारे लड़के, तुम्हें देखकर अच्छा लगा! खुशी हुई! आनंद आया! मन को प्रसन्नता हुई कि तुम हमारे साथ हो! और ये तुम्हारे माता-पिता हैं? बहुत अच्छे! अंदर आइए! अंदर आइए! जी हाँ! गेट के अंदर क़दम रखिए!”

स्पष्ट तौर पर मिस्टर वोंका बाक़ी सब लोगों की तरह ही उत्साहित थे।

“मेरा नाम,” दूसरे बच्चे ने आगे बढ़ते हुए बोला, “वेरुका सॉल्ट है।”

“मेरी प्यारी वेरुका! कैसी हो तुम? कितनी खुशी की बात है! तुम्हारा नाम बड़ा दिलचस्प है, है ना? मैं हमेशा सोचा करता था कि वेरुका एक प्रकार का मस्सा होता है जो पैरों के तलवे पर बन जाता है! लेकिन मैं ज़रूर ग़लत रहा होऊँगा, है ना? उस मिंक कोट में तुम कितनी प्यारी लग रही हो! मैं बहुत खुश हूँ कि तुम आ पाई हो! आहा! आज का दिन कितना रोमांचक होने वाला है। मैं उम्मीद करता हूँ कि तुम्हें मज़ा आएगा। मुझे यक़ीन है कि तुम्हें मज़ा आएगा। मुझे पता है कि तुम्हें मज़ा आएगा! तुम्हारे पिताजी? कैसे हैं आप, मिस्टर सॉल्ट? और मिसेज़ सॉल्ट? मिलकर प्रसन्नता हुई! हाँ, टिकट बिलकुल सही हैं! प्लीज़, अंदर जाइए!”

अगले दो बच्चे; वायलेट बॉरेगार्ड और माइक टीवी; अपने टिकट की जाँच करवाने के लिए आगे आए। फिर उन्हें मिस्टर वोंका सदृश ऊर्जावान व्यक्ति द्वारा अपने हाथों को अपने कंधों से लगभग अलग किया जाता हुआ महसूस हुआ।

और सबसे आख़िर में एक धीमी-सी घबराई आवाज़ ने लगभग फुसफुसाते हुए कहा, “चार्ली बकेट।”

"चार्ली" *मिस्टर* वोंका ने पूरे उत्साह से कहा। "वाह! वाह! वाह! तो तुम यहाँ हो! तुम वही हो ना जिसे अपना टिकट कल ही मिला था, है ना? हाँ, हाँ। मैंने इस बारे में सब कुछ आज सुबह के अख़बार में पढ़ा था! बिलकुल सही समय पर, मेरे प्यारे लड़के! मैं बहुत खुश हूँ। मैं तुम्हारे लिए बहुत खुश हूँ! और यह? तुम्हारे दादा जी? आपसे मिलकर बड़ी प्रसन्नता हुई, सर! बहुत प्रसन्नता हुई! दिल बाग-बाग हो गया! ठीक है! बहुत अच्छे! क्या सब लोग आ गए हैं? पाँच बच्चे? हाँ! अच्छा! अब क्या आप सब मेरे पीछे-पीछे आएँगे! हमारा टूर शुरू होने वाला है! लेकिन सब साथ में रहें।

कृपया खुद से इधर-उधर भटकते हुए ना जाएँ। मैं आप में से किसी को कार्यवाही के इस पड़ाव पर खोना नहीं चाहूँगा! ओह नहीं!"

चार्ली ने अपने कंधे के पीछे से देखा। लोहे का बना विशाल गेट उसके पीछे बंद हो रहा था। बाहर भीड़ अभी भी धक्का-मुक्की कर रही थी और शोर मचा रही थी। चार्ली ने एक आख़िरी बार उन्हें देखा। फिर, गेट खड़कने की आवाज़ के साथ बंद हो गया और बाहर की दुनिया का सारा नज़ारा ग़ायब हो गया।

"लो हम आ गए!" मिस्टर वोंका ने झुंड के आगे तेज़-तेज़ चलते हुए कहा। "इस बड़े लाल दरवाज़े से, प्लीज़! हाँ, बिलकुल सही! अंदर का माहौल काफ़ी गर्म और सुहावना है! मुझे कर्मचारियों की वजह से फ़ैक्ट्री के अंदर तापमान गर्म रखना पड़ता है! मेरे कर्मचारियों को बहुत बेहद गर्म वातावरण में काम करने की आदत है! वे ठंड बर्दाश्त नहीं कर सकते! अगर वे इस मौसम में बाहर जाएँगे तो मर जाएँगे। ठंड से उनकी जान ही चली जाएगी!"

"लेकिन आपके कर्मचारी कौन हैं?" अगस्टस ग्लूप ने पूछा।

"थोड़ी देर में, मेरे प्यारे लड़के!" मिस्टर वोंका ने अगस्टस को देखकर मुस्कराते हुए कहा। "सब्र करो! जैसे-जैसे हम साथ चलेंगे, तुम सब देखोगे! क्या आप सब अंदर आ चुके हैं। बहुत अच्छे! बुरा ना मानें तो क्या आप दरवाज़ा बंद कर सकते हैं? धन्यवाद!"

चार्ली बकेट ने खुद को एक लंबे गलियारे में खड़ा हुआ पाया। जहाँ तक उसकी नज़र जा सकती थी, उसे उस गलियारे का विस्तार नज़र आ रहा था। और वह इतना चौड़ा था कि एक कार उस गलियारे में बड़ी आसानी से गुज़र सकती थी। दीवारों का रंग हल्का गुलाबी था। गलियारे में हल्की सुहानी रोशनी फैली हुई थी।

"कितना प्यारा और गर्म है!" चार्ली ने फुसफुसाते हुए कहा।

"सच में! और कितनी अद्भुत खुशबू है!" ग्रैंडपा 'जो' ने एक गहरी साँस खींचते हुए कहा। ऐसा लग रहा था कि आसपास की हवा दुनिया की तरह-तरह की खुशबू से सराबोर हो गई थी; भुनी हुई कॉफ़ी की खुशबू, जली हुई चीनी और पिघलते हुए चॉकलेट की खुशबू, पुदीना और फूलों की खुशबू, पीसे हुए अखरोट और सेब के फूलों की खुशबू, और कारमल और नींबू के छिलकों की खुशबू...

और फिर तभी दूर कहीं से, यानी उस विशाल फ़ैक्ट्री के बीचों-बीच कहीं से, एक दबी-हुई दहाड़ की आवाज़ आई। ऐसा लग रहा था कि मानो किसी विशालकाय मशीन के पहिए अत्यंत तीव्र गति से घूम रहे हों।

"अब यह, प्यारे बच्चों," मिस्टर वोंका ने उस शोर में अपनी आवाज़ ऊँची करते हुए कहा, "यह मुख्य गलियारा है। क्या आप लोग कृपया अपने कोट और टोपियाँ वहाँ बनी खूँटियों पर टाँगकर मेरे पीछे आएँगे। यह रहा रास्ता! बहुत अच्छे! सब तैयार हैं? तो फिर चलें, शुरू करते हैं!" इतना कहते हुए वह तेज़-तेज़ क़दमों के साथ गलियारे में आगे की ओर बढ़े। उनके पीछे उनके भूरे-धूसर रंग के वेल्वेट कोट का फ़्लैप फड़फड़ाता हुआ नज़र आ रहा था। बस, सभी आगंतुक भी उनके पीछे जल्दी-जल्दी चलने लगे।

अगर आप सोचें तो वाकई यह लोगों का काफ़ी बड़ा झुंड था; नौ वयस्क और पाँच बच्चे, यानी कुल मिलाकर चौदह लोग। अब आप कल्पना कर ही सकते हैं कि जब वे सब उस रास्ते पर तेज़ी के साथ भाग-दौड़ मचाते हुए आगे बढ़ रहे थे तो अच्छी-ख़ासी धक्का-मुक्की हो रही थी। सब-के सब अपने सामने चल रही उस छोटी फुर्तीली आकृति के तेज़ क़दमों के साथ क़दम मिलाकर चलने की जी-जान से कोशिश कर रहे थे। "चलो!" मिस्टर वोंका ने कहा। "जल्दी करो, प्लीज़! अगर हम इस तरह समय नष्ट करेंगे तो हम आज पूरा चक्कर कभी नहीं लगा पाएँगे!"

कुछ ही देर में वह उस मुख्य गलियारे से दाएँ मुड़ते हुए एक अपेक्षाकृत संकीर्ण मार्ग में प्रवेश कर गए।

फिर कुछ देर बाद बाएँ।

एक बार फिर बाएँ।

फिर दाएँ।

फिर बाएँ।

फिर दाएँ।

फिर दाएँ।

फिर बाएँ।

यह पूरी जगह खरगोश को पालने के लिए विशाल आकार के बाड़े के समान प्रतीत हो रही थी। सारे मार्ग कभी इधर से, तो कभी उधर से, किसी दूसरे रास्ते की तरफ़ ले जा रहे थे। हर दिशा में।

"मेरा हाथ मत छोड़ना, चार्ली," ग्रैंडपा 'जो' ने फुसफुसाते हुए कहा।

"गौर करें कि किस प्रकार सारे मार्ग ढलान की ओर अग्रसर हैं," मिस्टर वोंका ने आवाज़ देते हुए कहा। "अब हम ज़मीन के नीचे जा रहे हैं! मेरी फ़ैक्ट्री में सभी महत्त्वपूर्ण कमरे ज़मीन की सतह से काफ़ी नीचे हैं!"

"ऐसा क्यों है?" किसी ने पूछा।

"उनके लिए ऊपर इतनी जगह नहीं हो पाएगी!" मिस्टर वोंका ने जवाब दिया। "जो रूम आप देखने जा रहे हैं, वे बहुत विशाल हैं। वे आकार में फुटबॉल के मैदान से भी बड़े हैं। दुनिया की कोई भी बिल्डिंग इतनी बड़ी नहीं हो सकती कि उसमें वे कमरे अट सकें। लेकिन यहाँ ज़मीन के नीचे मैं जितनी चाहूँ मेरे पास उतनी जगह है। वहाँ कोई सीमा नहीं है; जब तक कि मैं उसकी खुदाई करता रहूँ।"

मिस्टर वोंका दाएँ मुड़े।

फिर वह बाएँ मुड़े।

वह एक बार फिर दाएँ मुड़े।

अब मार्गों के ढलान की तीव्रता बढ़ती जा रही थी।

फिर अचानक, मिस्टर वोंका ठहर गए। उनके सामने धातु का बना एक चमकता हुआ दरवाज़ा था। पूरी टोली उसके आसपास इकट्ठा हो गई। दरवाज़े पर बड़े अक्षरों में लिखा था :

चॉकलेट कक्ष।

15

चॉकलेट रूम

"यह एक महत्त्वपूर्ण कमरा है," मिस्टर वोंका ने कहा। उन्होंने अपनी ज़ेब से चाबियों का एक गुच्छा निकाला। और फिर एक चाबी दरवाज़े में बने की-होल में लगा दी। "यह पूरी फ़ैक्ट्री का केंद्र बिंदु है। ऐसा कह सकते हैं कि यह पूरे कारोबार का हृदय है! और यह कितना सुंदर है। मैं हमेशा इस बात पर ज़ोर देता हूँ कि मेरे कमरे सुंदर दिखने चाहिए। मैं फ़ैक्ट्रियों में कुरूपता बिलकुल बर्दाश्त नहीं कर सकता हूँ! लो, अब हम अंदर चलते हैं। लेकिन मेरे प्यारे बच्चों, पूरी सावधानी रखना। किसी भावना में बह मत जाना! ज़्यादा उत्तेजित मत होना! खुद को शांत रखना!"

मिस्टर वोंका ने दरवाज़ा खोला। पाँचों बच्चे और नौ वयस्क-जन आगे बढ़े; और ओह, अब उनकी आँखों के सामने कितना अद्भुत नज़ारा था।

अब वे सब नीचे एक मनोरम घाटी को देख रहे थे। घाटी के दोनों तरफ़ घास के मैदान थे। नीचे की ओर भूरे रंग की एक नदी बह रही थी।

यह क्या कम था, जो उस नदी के बीचों-बीच एक विशाल जल-प्रपात गिर रहा था। दरअसल, यह एक खड़ी चट्टान थी, जहाँ पर पानी घूमकर एक चादर के आकार में लुढ़कता हुआ नीचे नदी में ज़ोर से टकराते हुए गिर रहा था। इसके प्रभाव से नीचे एक उफनता हुआ भँवर बन गया था, जो अपने भीतर कुछ मथ रहा था। परिणामस्वरूप वहाँ झाग और फुहार पैदा हो रही थी।

वाटरफ़ॉल के नीचे (और यह सबसे ज़्यादा आश्चर्यजनक; दृश्य था), बड़े-बड़े ग्लास पाइपों का एक समूह कहीं ऊपर छत से नीचे नदी में लटक रहा था। वाकई ये बहुत ही बड़े पाइप थे। कम-से-कम एक दर्जन पाइप रहे होंगे। और वे सारे पाइप नदी में बह रहे भूरे रंग के पानी को खींच कर किसी अन्यत्र जगह ले जा रहे थे। ग्लास का बना होने के कारण उसमें द्रव

पदार्थ को बहते हुए और बुदबुदाते हुए साफ़-साफ़ देखा जा सकता था। और उस जल-प्रपात की आवाज़ के ऊपर पाइपों द्वारा अपना काम करते हुए द्रव पदार्थ को खींचे जाने की सक-सक की आवाज़ साफ़ सुनाई दे रही थी।

नदी के तट पर मनोहर पेड़ और झाड़ियाँ लहलहा रही थीं - वीपिंग विलोज़ और एल्डर, और बुरांस के पेड़ों का झुरमुट जिस पर गुलाबी, लाल और हल्के बैंगनी रंग के फूल सजे हुए थे। घास के मैदान में हज़ारों की संख्या में बटर कप के फूलों से लड़ी सजी थी।

"वहाँ," मिस्टर वोंका ने लगभग नाचते हुए और अपनी सोने के सिरे वाली छड़ी से उस भूरी विशाल नदी की ओर इशारा करते हुए कहा, "यह पूरी की पूरी चॉकलेट है! उस नदी की एक-एक बूँद बेहतरीन गुणवत्ता वाली पिघलती हुई गरमा-गर्म चॉकलेट है। सबसे बेहतरीन गुणवत्ता वाली। वहाँ इतनी चॉकलेट है कि यह पूरे देश में सभी घरों के बाथटब को भरने के लिए पर्याप्त है! और सारे स्विमिंग पूल को भरने के लिए भी। है ना, बहुत अद्‌भुत? और ज़रा मेरे पाइपों को देखो! वह इस चॉकलेट को खींच कर फ़ैक्ट्री के दूसरे कमरों में पहुँचाते हैं, जहाँ इसकी ज़रूरत होती है। एक घंटे में हज़ारों गैलन, मेरे प्यारे बच्चों। कई हज़ार गैलन!"

बच्चे क्या और उनके माँ-बाप क्या, सब इस कदर चकित हो गए थे कि किसी के मुँह से एक शब्द तक नहीं फूट रहा था। सभी-के सभी हक्के-बक्के रह गए थे। सबकी बोलती बंद हो गई थी। बुद्धि चकरा गई थी। कुछ भी समझ में आना बंद हो गया था। उस पूरे मंज़र की विशालता ने सबको पूरी तरह से स्तब्ध कर दिया था। सब बस खड़े होकर उस दृश्य को टकटकी लगाकर निहार रहे थे।

"यह जल-प्रपात सबसे ज़्यादा महत्त्वपूर्ण है," मिस्टर वोंका ने कहना ज़ारी रखा। "वह चॉकलेट को घोलती है। उसे मथती है। वह उसे कूटती है और फेंटती है। वह उसे हल्का और झागदार बनाती है। दुनिया की कोई भी दूसरी फ़ैक्ट्री एक जल-प्रपात के ज़रिये चॉकलेट को नहीं घोलती है। लेकिन वास्तव में केवल यही उसे घोलने का सही तरीक़ा है! केवल यही! और क्या आप लोगों को मेरे पेड़ पसंद आए?" उन्होंने अपनी छड़ी से इशारा करते हुए कहा। "और मेरी प्यारी झाड़ियाँ। क्या आपको नहीं लगता कि वे ख़ूबसूरत हैं? मैंने आपसे कहा था ना कि मुझे कुरूपता से नफ़रत है। और हाँ, वे सब खाई जा सकती हैं! सब-की-सब किसी अलग और किसी स्वादिष्ट चीज़

से बनी हैं। और क्या आप लोगों को मेरे घास के मैदान पसंद आए। क्या आपको मेरी घास और मेरे बटर कप पसंद आए। आप जिस घास पर खड़े हैं, मेरे प्यारे बच्चों, वह एक नई प्रकार की नरम, पुदीने से युक्त चीनी से बनी है। इसका मैंने हाल-फ़िलहाल ही में आविष्कार किया है। मैं इसे स्वज़ बुलाता हूँ। एक घास की पत्ती को चख कर देखें। प्लीज़ करिए! यह बहुत स्वादिष्ट है।"

बस फिर क्या, सब-के-सब नीचे झुक गए और सबने घास की एक-एक पत्ती उठा ली; सब यानी सिर्फ़ अगस्टस ग्लूप को छोड़कर जिसने एक मुट्ठी भर घास उठा ली थी।

और वायलेट बॉरेगार्ड ने अपनी घास की पत्ती को चखने से पहले अपने मुँह से विश्व कीर्तिमान स्थापित कर चुके च्युइंग गम को निकाला और उसे बड़े ध्यानपूर्वक अपने कानों के पीछे चिपका दिया।

"बड़ा अद्भुत है ना!" चार्ली ने फुसफुसाते हुए कहा। "इसका स्वाद कितना निराला है ना, ग्रैंडपा?"

"मैं तो पूरे-का-पूरा मैदान ही खा सकता हूँ!" ग्रैंडपा 'जो' ने खुशी से मुस्कराते हुए कहा। "मैं किसी गाय की तरह अपने हाथों और पैरों के बल पर चलते हुए इस मैदान में मौजूद घास का एक-एक तिनका चट कर सकता हूँ!"

"अब ज़रा बटर कप चख कर देखिए," मिस्टर वोंका ने कहा। "वे और भी ज़्यादा स्वादिष्ट हैं।"

अचानक वातावरण किसी के जोश से चिल्लाने की आवाज़ों से भर गया। ये चीखें वेरुका सॉल्ट की थीं। उत्तेजना से भरी हुई वेरुका नदी के दूसरी ओर इशारा कर रही थी। "देखो! वहाँ देखो!" वह ज़ोर से चिल्लाई। "वह क्या है? वह हिल रहा है? वह चल रहा है। वह एक छोटा व्यक्ति है! वह एक छोटा आदमी है! वाटरफ़ॉल के नीचे!"

सब बटर कप उठाते-उठाते बीच में ही रुक गए और नदी के दूसरी ओर देखने लगे।

"वह सही कह रही है, ग्रैंडपा!" चार्ली ने कहा। "वह एक छोटा आदमी है! क्या आप उसे देख सकते हैं?

"मैं देख रहा हूँ, चार्ली!" ग्रैंडपा 'जो' ने उत्साह से भरकर कहा।

और अब तो सब ने एक साथ चिल्लाना शुरू कर दिया था।

"वहाँ पर दो ऐसे लोग हैं!"

"भगवान, सच में वहाँ पर हैं।"

"वहाँ पर दो से अधिक हैं! वहाँ पर एक, दो, तीन, चार, पाँच हैं!"

"वे क्या कर रहे हैं?"

"वे कहाँ से आए हैं?"

"वे कौन हैं?"

क्या बच्चे क्या उनके माँ-बाप दोनों नदी के किनारे दौड़ पड़े ताकि वह उन्हें और नज़दीक से देख पाएँ।

"वे कितने अद्‌भुत हैं ना!"

"उनका क़द मेरे घुटनों से ज़्यादा नहीं है!"

"उनके अजीब लंबे बालों को देखो!"

उन नन्हे-नन्हे लोगों; जिनका क़द मध्यम आकार की गुड़िया से लंबा नहीं था; ने अपना काम वहीं रोक दिया। अब वह भी नदी के दूसरी ओर आगंतुकों को देख रहे थे। उनमें से किसी एक ने बच्चों की तरफ़ इशारा

किया। फिर उसने बाक़ी सभी चारों के कान में फुसफुसाकर कुछ कहा। और फिर पाँचों ठहाके लगाकर हँसने लगे।

"लेकिन वे वास्तविक लोग नहीं हो सकते," चार्ली ने कहा।

"बेशक, वे वास्तविक लोग ही हैं," मिस्टर वोंका ने जवाब में कहा। "वे ऊंपा-लूंपा हैं।"

16

ऊंपा–लूंपा

"ऊंपा-लूंपा!" सबने एक स्वर में कहा। "ऊंपा-लूंपा!"

"उन्हें लूंपालैंड से लाया गया है," मिस्टर वोंका ने गर्व से कहा।

"ऐसी कोई जगह नहीं है," मिसेज़ सॉल्ट ने कहा।

"एक्सक्यूज़ मी, डियर लेडी, लेकिन..."

"मिस्टर वोंका," मिसेज़ सॉल्ट ने कहा। "मैं भूगोल की शिक्षिका हूँ।"

"तब आप इसके बारे में सब जान जाएँगी," मिस्टर वोंका ने कहा। "और ओह, वाकई वह कितना भयानक देश है! देश क्या है, बस एक घना जंगल है, जहाँ दुनिया के एक-से-एक भयानक जंगली जानवर बसते हैं - होर्न्सवोग्लर्स और स्नोज़वैंगर्स, और भयानक और दुष्ट व्हैंगडूडल्स। एक व्हैंगडूडल अपने नाश्ते में दस ऊंपा-लूंपाओं को खा जाता था, और फिर दोबारा खाने के लिए सरपट वापस भी आ जाता था। जब मैं वहाँ गया तो मैंने नन्हे ऊंपा-लूंपाओं को पेड़ पर बने मकानों में रहता हुआ पाया। व्हैंगडूडल्स और स्नोज़वैंगर्स और होर्न्सवोग्लर्स से बचने के लिए उन्हें पेड़ पर बने इन मकानों में रहना पड़ रहा था। हरे-हरे कैटरपिलर उनका मुख्य भोजन हुआ करते थे। और उसका स्वाद बहुत ही घिनौना था। पूरे दिन ऊंपा-लूंपा बस पेड़ों पर चढ़कर ऐसी दूसरी चीज़ों को ढूँढ़ते हुए बिताते थे, जिसे इन इल्लियों के साथ मसलकर उनका स्वाद बेहतर किया जा सके; मसलन लाल भृंग, और नीलगिरी के पत्ते, और बोंग-बोंग के पेड़ों की छाल। सब-के-सब उन इल्लियों की तरह बहुत ही घिनौने थे। लेकिन फिर भी इन इल्लियों के जितना घिनौने नहीं थे। बेचारे, ऊंपा-लूंपा! एक भोजन ऐसा था, जिसके लिए सभी ऊंपा-लूंपा किसी भी दूसरे खाद्य पदार्थ के मुक़ाबले ज़्यादा तरसते थे; और वह था काकाओ बीन। लेकिन वह उसे प्राप्त नहीं कर पाते थे। एक ऊंपा-लूंपा अगर भाग्यशाली हो तो भी उसे पूरे एक साल में

बमुश्किल तीन–चार काकाओ बीन मिल पाते थे। वे पूरी रात काकाओ बीन के बारे में सपने देखा करते थे और दिनभर उसी की बात किया करते थे। बस, आपको उनके सामने 'काकाओ' शब्द का ज़िक्र भर करने की देर होती थी और उनके मुँह से बरबस पानी टपकने लगता था। संयोग से काकाओ बीन," मिस्टर वोंका ने बात ज़ारी रखते हुए कहा, "जो काकाओ के पेड़ पर उगती है, वही चीज़ है जिससे चॉकलेट बनाई जाती है। आप काकाओ बीन के बिना चॉकलेट नहीं बना सकते हैं। ऐसा कह सकते हैं कि काकाओ बीन ही चॉकलेट है। मैं खुद अपनी फ़ैक्ट्री में हर हफ़्ते अरबों-खरबों काकाओ बीन का इस्तेमाल करता हूँ। और इसलिए, मेरे प्यारे बच्चों, जैसे ही मुझे पता चला कि ऊंपा-लूंपा को यह विशेष प्रकार के भोजन बहुत पसंद है, मैं पेड़ पर बने उनके मकानों के गाँव में पहुँच गया और उस कबीले के सरदार के घर पहुँचकर दरवाज़े से अपना सिर अंदर घुसा दिया। बेचारा नन्हा प्राणी बहुत ही दुबला और भूखा लग रहा था। वह बैठा हुआ था और बिना बीमार पड़े कटोरा भर मसली हुई हरी इल्लियों को खाने की कोशिश कर रहा था।"

"देखो!" मैंने कहा (स्वाभाविक तौर पर अँग्रेज़ी में नहीं, बल्कि ऊंपा-लूंपिश भाषा में), "देखो, अगर तुम और तुम्हारे लोग मेरे देश में आकर मेरी फ़ैक्ट्री में रहोगे तो तुम जितना चाहो उतना काकाओ बीन ले सकते हो! मेरे गोदामों में उसका अकूत भंडार है। तुम भोजन में हर समय काकाओ बीन खा सकते हो। तुम पेटभर कर काकाओ बीन खा सकते हो। तुम चाहो तो मैं तुम्हें तनख़्वाह भी काकाओ बीन में दे सकता हूँ!"

"क्या तुम सच कह रहे हो?" ऊंपा-लूंपा के सरदार ने अपनी कुर्सी से उछलते हुए कहा।

"बेशक, मैं सच कह रहा हूँ," मैंने कहा, "और तुम चाहो तो तुम चॉकलेट भी खा सकते हो। चॉकलेट का स्वाद काकाओ बीन से भी बेहतर होता है, क्योंकि उसमें दूध और चीनी मिली होती है।"

"बस," वह नन्हा आदमी खुशी से चिल्ला उठा और उसने मसली हुई इल्लियों से भरा कटोरा पेड़ पर बने अपने मकान की खिड़की से बाहर फेंक दिया। "तो सौदा तय हो गया!" उसने कहा। "चलो, चलते हैं।"

"सो, मैं उन सब लोगों को यहाँ ले आया। ऊंपा-लूंपाओं के कबीले के एक-एक व्यक्ति; स्त्री, पुरुष और बच्चे; सबको। और यह बहुत आसान था। मैं उन्हें छेद युक्त बड़े-बड़े पैकिंग बॉक्स में छिपाकर ले आया। और सब यहाँ सुरक्षित पहुँच गए। वे सब बहुत बढ़िया कर्मचारी हैं। और अब सब अँग्रेज़ी भी बोलते हैं। उन्हें नाचना और संगीत बहुत पसंद है। वे हमेशा कोई-न-कोई गाना बनाते रहते हैं। मुझे उम्मीद है कि आज तुम बीच-बीच में काफ़ी गाने सुनोगे। लेकिन मैं तुम्हें पहले से चेता देना चाहता हूँ, वे सब बहुत शरारती हैं। उन्हें चुटकुले बहुत पसंद हैं। और वे अभी भी वैसे ही कपड़े पहनते हैं, जैसे वे जंगलों में पहना करते थे। दरअसल, वे ऐसा करने पर ज़ोर देते हैं। जैसा कि तुम नदी के उस पार देख सकते हो सभी पुरुष सिर्फ़ हिरण की खाल ओढ़ते हैं। वहीं महिलाएँ सिर्फ़ पत्तों से अपना बदन ढँकती हैं। और जहाँ तक बच्चों का सवाल है, वे कुछ भी नहीं पहनते हैं। महिलाएँ हर दिन नए पत्तों का उपयोग करती हैं..."

"डैडी," वेरुका सॉल्ट (वह लड़की जिसे वह हर चीज़ मिल जाती है, जो वह चाहती है) ने चिल्लाते हुए कहा। "डैडी! मुझे एक ऊंपा-लूंपा चाहिए। मैं चाहती हूँ कि आप मेरे लिए एक ऊंपा-लूंपा लाएँ। मुझे अभी तुरंत एक

ऊंपा-लूंपा चाहिए। मैं उसे अपने साथ घर लेकर जाना चाहती हूँ। जाओ, डैडी! मेरे लिए एक ऊंपा-लूंपा लाओ।"

"अभी, मेरे बच्ची!" उसके पिता ने उससे कहा, "मिस्टर वोंका को अभी टोकना नहीं चाहिए।"

"लेकिन मुझे एक ऊंपा-लूंपा चाहिए!" वेरुका ने ज़ोर से चीख़ते हुए कहा।

"ठीक है, वेरुका, ठीक है। लेकिन मैं अभी इस पल में तुम्हें वह लाकर नहीं दे सकता हूँ। थोड़ा सब्र करो। मैं देखूँगा कि दिन पूरा होने से पहले तुम्हें वह मिल जाए।"

"अगस्टस," मिसेज़ ग्लूप के चिल्लाने की आवाज़ आई। "अगस्टस, स्वीटहार्ट, मुझे नहीं लगता कि तुम्हें वह करना चाहिए।" अगस्टस, जैसा कि आप लोगों ने अंदाज़ लगा ही लिया होगा, चुपचाप छिपकर नदी के किनारे पहुँच गया था, और अब नदी के तट पर घुटनों के बल बैठकर गरम पिघलती हुई चॉकलेट तेज़ी के साथ अपने मुँह में भर रहा था।

17

अगस्टस ग्लूप पाइप के ऊपर चला गया

मिस्टर वोंका जब पीछे घूमे और उन्होंने देखा कि अगस्टस ग्लूप क्या कर रहा है, वह ज़ोर से चिल्लाने लगे, "ओह, नहीं! प्लीज़, अगस्टस, प्लीज़। मैं तुमसे विनती करता हूँ कि ऐसा मत करो। मेरी चॉकलेट को इंसानी हाथों द्वारा नहीं छुआ जाना चाहिए।"

"अगस्टस," मिसेज़ ग्लूप ने आवाज़ देते हुए कहा। "क्या तुमने सुना नहीं कि उन्होंने क्या कहा? उस नदी से तुरंत दूर हो जाओ!"

"यह बहुत ही शानदार चीज़ है!" अगस्टस ने कहा। वह ना तो अपनी माँ और ना ही मिस्टर वोंका की ओर कोई ध्यान दे रहा था। "हे भगवान! मुझे इसे सही ढंग से पीने के लिए एक बाल्टी की ज़रूरत है।"

"अगस्टस," मिस्टर वोंका ने आवेग में लगभग उछलते हुए और हवा में अपनी छड़ी लहराते हुए कहा, "वहाँ से वापस आओ।"

"अगस्टस!" मिसेज़ ग्लूप चीख़ीं।

"अगस्टस!" मिस्टर ग्लूप चीख़ीं।

लेकिन अगस्टस को अपने विशाल पेट की आवाज़ के सिवाय किसी की आवाज़ सुनाई नहीं दे रही थी। अब तो वह ज़मीन पर पूरी तरह लेट चुका था और उसका सिर नदी के ऊपर था। वह किसी कुत्ते की तरह लप-लप कर चॉकलेट को पी रहा था।

"अगस्टस," मिसेज़ ग्लूप ने चिल्लाते हुए कहा। "तुम देश भर में लाखों लोगों को अपना गंदा जुकाम दे दोगे!"

"ध्यान से, अगस्टस!" मिस्टर ग्लूप ने कहा। "तुम बहुत आगे तक झुक रहे हो!"

मिस्टर ग्लूप बिलकुल सही कह रहे थे। क्योंकि अचानक ही एक चीख़ की आवाज़ सुनाई दी, फिर छपाक की आवाज़ आई, और देखते-ही-देखते अगस्टस ग्लूप नदी के अंदर जा चुका था, और पल भर में ही उस भूरी सतह के नीचे ग़ायब हो चुका था।

"उसे बचाओ!" मिसेज़ ग्लूप ने चिल्लाते हुए कहा। उनके चेहरे का रंग उड़ गया था। वह अपना छाता घुमाते हुए चिल्लाते हुए कह रही थी, "वह डूब जाएगा। वह एक यार्ड की दूरी तक भी तैर नहीं सकता। उसे बचाओ! उसे बचाओ!"

"अरे नहीं! भाग्यवान," मिस्टर ग्लूप ने कहा। "मैं उसमें गोता लगाने वाला नहीं हूँ! मैंने अपना सबसे अच्छा सूट पहना हुआ है!"

अगस्टस ग्लूप का चेहरा एक बार फिर सतह के ऊपर नज़र आया। ऐसा लग रहा था कि किसी ने उसके चेहरे को चॉकलेट से पोत दिया हो। "बचाओ! बचाओ! बचाओ!" वह चिल्लाया। "मुझे यहाँ से निकालो!"

"वहाँ चुपचाप खड़े मत रहो!" मिसेज़ ग्लूप ने मिस्टर ग्लूप को देखकर चिल्लाते हुए कहा। "कुछ करो!"

"मैं कुछ करता हूँ!" मिस्टर ग्लूप, जिन्होंने अब अपनी जैकेट उतारनी शुरू कर दी थी, ने कहा। वह उस चॉकलेट की नदी में गोता लगाने की तैयारी कर रहे थे। लेकिन अभी वह तैयारी कर ही रहे थे कि नदी में लटक रहे एक विशाल पाइप ने उस अभागे लड़के को अपने मुँह की ओर खींचना शुरू कर दिया था। फिर अचानक क्या हुआ कि पाइप के शक्तिशाली चूषण तंत्र ने उसे पूरी तरह से अपने गिरफ़्त में लिया। देखते-ही-देखते वह सतह के नीचे से खिंचता हुआ पाइप के मुँह में पहुँच गया।

नदी के तट के पास खड़ी भीड़ साँस रोककर इंतज़ार कर रही थी कि वह अब कहाँ से बाहर आएगा।

"वह रहा!" किसी ने ऊपर की ओर इशारा करके चिल्लाते हुए कहा।

और निश्चित रूप से क्योंकि वह पाइप ग्लास का बना हुआ था, अगस्टस ग्लूप किसी टारपीडो की तरह उसके अंदर में तेज़ी से ऊपर जाता हुआ नज़र आ रहा था; पहले सिर फिर पाँव।

"बचाओ! मर्डर! पुलिस!" मिसेज़ ग्लूप ने चिल्लाते हुए कहा। "अगस्टस, तुरंत वापस आओ! तुम कहाँ जा रहे हो?"

"मुझे बड़ा आश्चर्य हो रहा है," मिस्टर ग्लूप ने कहा, "वह पाइप इतना बड़ा तो कैसे है कि उसमें वह जा सकता है।"

"वह इतना बड़ा नहीं है!" चार्ली बकेट ने कहा। "बाप रे, देखो! वह रुक रहा है!"

"सही में!" ग्रैंडपा 'जो' ने कहा।

"वह वहाँ फँस जाएगा!" चार्ली ने कहा।

"मुझे भी यही लगता है," ग्रैंडपा 'जो' ने कहा।

"हे भगवान, वह अटक गया है!" चार्ली ने कहा।

"ऐसा उसके पेट की वजह से हुआ है!" मिस्टर ग्लूप ने कहा।

"उसने पूरा पाइप जाम कर दिया है!" ग्रैंडपा 'जो' ने कहा।

"पाइप को तोड़ डालो!" मिसेज़ ग्लूप ने चिल्लाते हुए कहा। वह अभी भी अपने हाथों में रखा छाता हिला रही थी। "अगस्टस, वहाँ से तुरंत वापस आओ!"

इधर नीचे दर्शकों को पाइप में उस लड़के के आसपास चारों ओर चॉकलेट घूमती हुई नज़र आ रही थी। चॉकलेट एक ठोस चीज़ के रूप में इकट्ठी हो रही थी और ब्लॉकेज यानी अगस्टस पर ज़ोर डाल रही थी। ज़बरदस्त दबाव बन रहा था। किसी-न-किसी को तो हार माननी ही थी। अंततः दोनों में से एक ने हार मान ली, और वह हार मानने वाला था, अगस्टस ग्लूप। **हू हू!** एक बार फिर वह किसी बंदूक की नली से निकली गोली की तरह ऊपर की तरफ़ निकल गया।

"वह ग़ायब हो गया है," मिसेज़ ग्लूप ने कहा। "वह पाइप कहाँ जाता है? जल्दी! फ़ायर ब्रिगेड को बुलाओ!"

"शांत रहिए!" मिस्टर वोंका ने कहा, "शांत रहिए, देवी जी, शांत रहिए। घबराने की कोई बात नहीं है! कोई भी ख़तरा नहीं है! अगस्टस बस एक छोटी-सी यात्रा पर निकल पड़ा है, बस। एक बहुत ही दिलचस्प छोटी यात्रा पर। पर वह ठीक-ठाक वापस आ जाएगा। आप बस इंतज़ार करिए और देखिए।"

"वह ठीक-ठाक वापस कैसे आ पाएगा!" मिसेज़ ग्लूप ने भड़कते हुए कहा। "पाँच सेकेंड में तो उसे मार्शमैलो बना दिया जाएगा!"

"असंभव!" मिस्टर वोंका ने कहा। "सोचा भी नहीं जा सकता! इसकी कल्पना भी नहीं की जा सकती! बिलकुल बेतुकी बात है! उसे कभी भी मार्शमैलो नहीं बनाया जा सकता!"

"और क्या मैं जान सकती हूँ कि क्यों नहीं?" मिसेज़ ग्लूप ने चिल्लाते हुए कहा।

"क्योंकि वह पाइप उसके आसपास भी नहीं जाता! वह पाइप, जिसमें अगस्टस गया है, सीधा उस कमरे में जाता है, जहाँ मैं स्ट्रॉबेरी के स्वाद से युक्त और चॉकलेट से कोट की हुई फ़ज बनाता हूँ, जो बहुत ही स्वादिष्ट होती है..."

"तो वह स्ट्रॉबेरी के स्वाद से युक्त और चॉकलेट से कोट की हुई फ़ज बन जाएगा!" मिसेज़ ग्लूप ने चिल्लाते हुए कहा। "मेरे प्यारा अगस्टस! वह कल सुबह उसे वज़न के हिसाब से तौलते हुए पूरे देश में बेचेंगे।"

"बिलकुल सही," मिस्टर ग्लूप ने कहा।

"मैं जानती हूँ कि मैं सही हूँ।" मिसेज़ ग्लूप ने कहा।

"यह मज़ाक़ की हद से ज़्यादा हो गया है," मिस्टर ग्लूप ने कहा।

"ऐसा लगता है कि मिस्टर वोंका ऐसा नहीं सोच रहे!" मिसेज़ ग्लूप ने कहा। "ज़रा देखो उन्हें! कैसे ठहाका लगा-लगाकर हँस रहे हैं! तुम्हारी इस तरह से हँसने की हिम्मत कैसे हो रही है, जब मेरा लड़का अभी-अभी उस पाइप से ऊपर चला गया है! राक्षस कहीं के!" वह अपना छाता मिस्टर वोंका की ओर दिखाते हुए चीख़ रही थी। ऐसा लग रहा था कि मानो वह अपना छाता मिस्टर वोंका के आर-पार ही कर देगी। "तुम्हें लगता है यह मज़ाक़ है, है ना? तुम्हें लगता है कि मेरे लड़के को खींचकर अपने फ़ज रूम में ले जाना एक सिर्फ़ बहुत बड़ा मज़ाक़ है?"

"वह बिलकुल सलामत रहेगा," मिस्टर वोंका ने मुँह दबाकर हँसते हुए कहा।

"वह चॉकलेट फ़ज बन जाएगा!" मिसेज़ ग्लूप ने चीख़ते हुए कहा।

"कतई नहीं!" मिस्टर वोंका ने कहा।

"बेशक, वह बन जाएगा!" मिसेज़ ग्लूप ने फिर चीख़ते हुए कहा।

"नहीं , मैं ऐसा होने नहीं दूँगा!" मिस्टर वोंका ने कहा।

"और ऐसा क्यों नहीं?" मिसेज़ ग्लूप ने फिर चीख़ते हुए कहा।

"क्योंकि उसका स्वाद बहुत ही बुरा होगा," मिस्टर वोंका ने कहा। "ज़रा कल्पना करो! अगस्टस के स्वाद से युक्त और चॉकलेट से कोट की हुई ग्लूप! कोई भी उसे ख़रीदेगा नहीं!"

"वे निश्चित रूप से करेंगे!" मिस्टर ग्लूप ने आक्रोश से भरकर कहा।

"मैं इसके बारे में सोचना भी नहीं चाहती हूँ!" मिसेज़ ग्लूप ने चीख़ते हुए कहा।

"ना ही मैं," मिस्टर वोंका ने कहा। "और मैं आपसे वादा करता हूँ, मैडम, आपका प्यारा लड़का बिलकुल सही है।"

"अगर वह बिलकुल सही है तो वह कहाँ है?" मिसेज़ ग्लूप ने भड़कते हुए कहा। "मुझे तुरंत इसी वक़्त उसके पास ले चलो!"

मिस्टर वोंका घूमे और उन्होंने ज़ोर-से तीन बार चुटकी बजाई; क्लिक, क्लिक, क्लिक। पता नहीं कहाँ से लेकिन फ़ौरन एक ऊंपा-लूंपा हाज़िर हो गया और उनके बगल में खड़ा हो गया।

उस ऊंपा-लूंपा ने झुकते हुए उनका अभिवादन किया और मुस्कराया। उसके सुंदर सफ़ेद दाँत साफ़ नज़र आ रहे थे। उसकी त्वचा हल्की गुलाबी-सफ़ेद रंग की थी। बाल लंबे और सुनहरे भूरे रंग के थे। उसके सिर के ऊपर का हिस्सा मिस्टर वोंका के घुटनों के पास तक आ रहा था। उसने एक सामान्य हिरण की खाल ओढ़ रखी थी, जो उसके कंधों से लटक रही थी।

"अब मेरी बात सुनो!" मिस्टर वोंका ने उस छोटे आदमी को देखते हुए कहा। "मैं चाहता हूँ कि तुम मिस्टर और मिसेज़ ग्लूप को ऊपर फ़ज रूम में लेकर जाओ, और उनकी अपने बेटे अगस्टस को ढूँढ़ने में मदद करो। वह अभी-अभी उस पाइप से ऊपर चला गया है।"

उस ऊंपा-लूंपा ने मिसेज़ ग्लूप को एक नज़र देखा और उसके मुख से हँसी के फ़व्वारे छूट पड़े।

"ओह! चुप रहो!" मिस्टर वोंका ने कहा। "खुद पर नियंत्रण रखो। अपनी भावनाओं को क़ाबू में रखो! मिसेज़ ग्लूप को नहीं लगता कि यह सब मज़ाक़ की बात है।"

"आप इस बात को दोहरा सकते हैं!" मिसेज़ ग्लूप ने कहा।

"सीधा फ़ज रूम में जाओ," मिस्टर वोंका ने ऊंपा-लूंपा से कहा, "और जब तुम वहाँ पहुँच जाओ, एक लंबी छड़ी लो और चॉकलेट को घोलने वाले बड़े बैरल में कोच कर देखो! मुझे काफ़ी हद तक यक़ीन है कि तुम्हें वह मिल जाएगा। लेकिन फटाफट जाओ। तुम्हें जल्दी करनी होगी। अगर तुम उसे

उस बैरल में लंबे समय तक छोड़ दोगे, तो वह बहता हुआ फ़ज बॉयलर जा सकता है। तब वास्तव में बहुत बड़ी मुसीबत हो जाएगी, है ना? मेरी फ़ज खाने लायक़ ही नहीं रह पाएगी।"

मिसेज़ ग्लूप के मुँह से आक्रोश से भरी चीख़ निकल पड़ी।

"मैं मज़ाक़ कर रहा हूँ," मिस्टर वोंका ने अपनी दाढ़ी के पीछे मुँह दबा कर हँसते हुए कहा। "मेरा यह मतलब नहीं था। मुझे माफ़ करिएगा। मुझे खेद है। गुडबाय, मिसेज़ ग्लूप! और मिस्टर ग्लूप! गुडबाय! मैं आपसे बाद में मिलूँगा...'

और जैसे ही मिस्टर और मिसेज़ ग्लूप और उनका नन्हा एस्कॉर्ट तेज़ी के साथ जाने लगे, नदी के दूसरे तरफ़ खड़े पाँच ऊंपा-लूंपाओं ने कूदना और नाचना शुरू कर दिया। इसके साथ ही उन्होंने छोटे-छोटे ड्रमों को ज़ोर-ज़ोर से पीटना शुरू कर दिया। "अगस्टस ग्लूप!" उन्होंने गाना शुरू कर दिया। "अगस्टस ग्लूप! अगस्टस ग्लूप! अगस्टस ग्लूप!"

"ग्रैंडपा!" चार्ली ने कहा। "उनको सुनो, ग्रैंडपा! वे क्या कर रहे हैं?"

"श्श्श!" ग्रैंडपा 'जो' ने फुसफुसाते हुए कहा। "मुझे लगता है कि वे हमारे लिए गाना गाने वाले हैं!"

"अगस्टस ग्लूप!" ऊंपा-लूंपाओं ने गाना शुरू किया।
"अगस्टस ग्लूप! अगस्टस ग्लूप!
बड़ा ही लालची और मूर्ख है!
हम इस जानवर को कब तक अनुमति दे पाते,
कि वह लालचियों की तरह, हर चीज़,
जो उसे पसंद आए, उसे खाता रहता?
कसम से! अब ऐसा नहीं चल सकता था!
जब तक यह सुअर ज़िंदा रहने वाला था,
हमें भरोसा है कि यह किसी को,
ज़रा-सी भी मस्ती,
या ख़ुशी नहीं देने वाला था।
सो, ऐसे मामलों में हम क्या करते हैं,
ज़रा नर्मी बरतते हुए, और ध्यान से,

ऐसे छिछोरों को पकड़कर,
किसी ऐसी चीज़ में बदल देते हैं,
जिससे हम सब को ख़ुशी मिले;
मसलन कोई गुड्डा, या कोई गेंद,
कंचे, या फिर काठी का घोड़ा।
लेकिन यह लड़का इतना घिनौना है,
और इतना नीच है कि बताना भी मुश्किल है,
वह इतना लालची, कपटी और बचकाना है,
कि वह हमारे मुँह में एक घिनौना स्वाद छोड़ गया,
और इसलिए हमने जल्दी-जल्दी में एक ऐसी चीज़ को चुना,
कि किसी भी तरह, और चाहे जो हो जाए,
वह गंदा स्वाद दूर हो जाए।
"चलो!" हमने कहा, "यह समय सही है,
कि उसे पाइप के ऊपर ही भेज दिया जाए!
उसे जाना होगा! यह होना ही था!!"
और बहुत जल्द ही वह देखेगा,
कि जिस कमरे में वह पहुँचा है,
वहाँ मज़ेदार चीज़ें चल रही हैं।
मगर प्यारे बच्चों, परेशान मत होना;
अगस्टस ग्लूप को नुक़सान नहीं होगा,
हालाँकि, हम यह सच स्वीकारते हैं,
कि अब वह काफ़ी कुछ बदल जाएगा।
वह जैसा है उससे बहुत अलग हो जाएगा,
जब वह फ़ज मशीन में जाएगा,
उसके अंदर पहिए धीरे-धीरे और गोल-गोल घूमेंगे,
और उसके पहियों के दाँत पीसेंगे और कूटेंगे,
सौ छुरियाँ जब काटना शुरू करेंगी;
और हमें बस चीनी, क्रीम और मसाले मिलाना है;
एक मिनट उसे और उबाला जाएगा,

जब तक पक्का पता नहीं चल पाएगा,
कि उसका सारा लालच और सारा पित्त अब,
हमेशा के लिए उबल गया है।
फिर वह बाहर आएगा! और फिर! कृपा से!
एक चमत्कार होगा!
वह लड़का जिससे कुछ समय पहले तक,
एक तट से दूसरे तट तक के लोग नफ़रत करते थे,
वह लड़का जो लालची पशु था, जूँ का कान था,
अब हर जगह लोग उस पर जान लुटाते हैं!
अब आख़िर कौन शिकायत या नफ़रत करेगा,
जिसे फ़ज का यह स्वादिष्ट टुकड़ा मिलेगा?

"मैंने कहा था ना कि उन्हें गाना पसंद है!" मिस्टर वोंका ने कहा। "हैं ना वे मज़ेदार! हैं ना वे आकर्षक? लेकिन आपको उनके एक भी शब्द पर भरोसा नहीं करना चाहिए। यह सब बकवास है, एक-एक चीज़!"

"क्या वास्तव में ऊंपा-लूंपा मज़ाक़ कर रहे हैं, ग्रैंडपा?" चार्ली ने कहा।

"बेशक, वे मज़ाक़ कर रहे हैं," ग्रैंडपा 'जो' ने कहा। "वे ज़रूर मज़ाक़ कर रहे होंगे। कम-से-कम मुझे तो लगता है कि वे मज़ाक़ कर रहे हैं। क्या तुम्हें ऐसा नहीं लगता?"

18

चॉकलेट नदी में

"चलिए, अब चलते हैं!" मिस्टर वोंका ने कहा। "सब लोग, जल्दी करिए! मेरे पीछे-पीछे अगले कमरे में चले आइए! और प्लीज़, अगस्टस ग्लूप के बारे में चिंता मत करिए। वह निश्चित रूप से सफ़ाई से गुज़रकर ठीक-ठाक बाहर आ जाएगा। ऐसा हमेशा होता है। अब हमें अपनी यात्रा का अगला चरण नाव में तय करना है! लो वह आ गई! देखो!"

गर्म चॉकलेट की उस विशाल नदी से भाप-भरी धुंध निकल रही थी। और उस धुंध में से अचानक एक बहुत सुंदर गुलाबी रंग की नाव प्रकट हुई। यह एक लंबी चप्पू वाली नाव थी। इसके सामने और पीछे का हिस्सा बहुत बड़ा था (पुराने समय की वायकिंग नाव की तरह)। और उसका चमचमाता हुआ रंग कुछ ऐसा था कि वह पूरी-की-पूरी चीज़ किसी शानदार गुलाबी रंग के ग्लास की बनी हुई नज़र आ रही थी। नाव के दोनों तरफ़ बहुत सारे चप्पू लगे हुए थे। जैसे-जैसे नाव नज़दीक आ रही थी, नदी के तट के पास खड़े दर्शकों ने देखा कि ऊंपा-लूंपाओं का बड़ा हुजूम उस नाव को खींच रहा था; और हर चप्पू पर कम-से-कम दस ऊंपा-लूंपा बैठे हुए दिखाई पड़ रहे थे।

"यह मेरी निजी याट है!" मिस्टर वोंका ने प्रसन्नता से मुस्कराते हुए कहा। "मैंने उसे एक बड़ी उबली-हुई मिठाई में सुराख़ करके बनाया था! कितनी प्यारी है ना! देखो वह नदी में किस तरह पानी को काटते हुए आ रही है!"

इतने में वह चमकती हुई उबली-हुई मिठाई की बनी बोट फिसलते हुए नदी के तट पर आ पहुँची। एक सौ ऊंपा-लूंपा चप्पुओं को हाथ में लिए बैठे हुए थे, और आगंतुकों की ओर देख रहे थे। और फिर अचानक ही, वे खिल-खिलाकर और ठहाके लगा-लगाकर हँसने लगे। कारण शायद उन्हीं को पता होगा।

"इसमें हँसने वाली कौन-सी बात है?" वायलेट बॉरेगार्ड ने पूछा।

"ओह, उनकी चिंता मत करो!" मिस्टर वोंका ने कहा। "वह हमेशा हँसते ही रहते हैं! उन्हें लगता है कि हर चीज़ एक बड़ा मज़ाक़ है! चलिए, सब नाव में बैठ जाइए! चलिए! जल्दी कीजिए!"

जैसे ही सब अंदर सुरक्षित बैठ गए, ऊंपा-लूंपाओं ने नाव को तट से दूर ले जाना शुरू कर दिया और तेज़ी के साथ नाव को नदी के बहाव की दिशा में चलाने लग पड़े।

"हे! माइक टीवी!" मिस्टर वोंका ने चिल्लाते हुए कहा। "प्लीज़, नाव को अपनी जीभ से चाटो मत! इससे वह चिपचिपी हो जाएगी!"

"डैडी," वेरुका सॉल्ट ने कहा, "मुझे इस तरह की नाव चाहिए! मैं चाहती हूँ कि आप मुझे एक बड़ी गुलाबी रंग की उबली-हुई मिठाई की बनी नाव ख़रीद कर दें, जो बिलकुल मिस्टर वोंका के नाव जैसी हो! और मुझे बहुत सारे ऊंपा-लूंपा भी चाहिए जो मेरे लिए नाव को चलाएँ, और मुझे चॉकलेट की नदी भी चाहिए, और मुझे... मुझे..."

"दरअसल, उसे ज़ोर की लात पड़नी चाहिए," ग्रैंडपा 'जो' ने फुसफुसाते हुए चार्ली से कहा। बूढ़े दादा नाव के पिछले हिस्से बैठे हुए थे। नन्हा चार्ली बकेट उनके बगल में बैठा हुआ था। चार्ली ने अपने दादा के हड्डीदार हाथों को कसकर पकड़ा हुआ था। वह उत्साह से भरा हुआ था। अब तक उसने जो कुछ भी देखा था; चॉकलेट की विशाल नदी, जल-प्रपात, खींचने वाले बड़े-बड़े पाइप, पुदीने से युक्त चीनी के बने घास के मैदान, ऊंपा-लूंपा, वह सुंदर गुलाबी नाव, और सबसे ज़्यादा खुद मिस्टर विली वोंका; वह सब कुछ इतना अचरज पैदा करने वाला था कि वह सोच रहा था कि क्या अब भी कोई आश्चर्य बाक़ी होगा। अब वे कहाँ जा रहे थे? अब वे क्या देखने वाले हैं? और अब अगले कमरे में क्या घटने वाला है?

"कितना अद्‌भुत है ना?" ग्रैंडपा 'जो' ने चार्ली को मुस्कराकर देखते हुए कहा।

चार्ली ने मुस्कराते हुए बूढ़े दादा को देखा और सिर हिलाया।

इस बीच मिस्टर वोंका, जो चार्ली की दूसरी तरफ़ बैठे हुए थे, अचानक नाव के नीचे की ओर झुके। उन्होंने एक बड़ा मग उठाया, उसे पानी में डाला, उसे चॉकलेट से भरा और उन्होंने मग को चार्ली की ओर बढ़ा दिया।

"लो इसे पियो," उन्होंने कहा। "यह तुम्हें फ़ायदा पहुँचाएगा। ऐसा लग रहा है कि तुम्हारी भूख से जान निकल जाएगी!"

फिर उन्होंने एक दूसरा मग भरा और ग्रैंडपा 'जो' को पकड़ा दिया। "आप भी," उन्होंने कहा। "आप एक कंकाल की तरह दिख रहे हैं! क्या बात है? क्या हाल-फ़िलहाल घर में खाने के लिए कुछ नहीं था?"

"ज़्यादा नहीं," ग्रैंडपा 'जो' ने कहा।

चार्ली ने मग अपने होंठों पर लगा लिया। और जैसे-जैसे गरमा-गर्म क्रीमी चॉकलेट चार्ली के गले से नीचे उतरकर उसके ख़ाली पेट में पहुँचने लगी, वैसे-वैसे सिर से लेकर पाँव तक उसके पूरे शरीर में आनंद की तरंगें पैदा होने लगीं। कहने की ज़रूरत नहीं कि प्रसन्नता उसके पूरे अस्तित्व पर छा गई थी।

"तुम्हें पसंद आया?" मिस्टर वोंका ने पूछा।

"ओह, यह लाजवाब है!" चार्ली ने कहा।

"मैंने आज तक जितनी भी चॉकलेट चखी हैं, उनमें सबसे ज़्यादा क्रीम वाली और सबसे ज़्यादा स्वाद," ग्रैंडपा 'जो' ने अपने होंठों पर जीभ फेरते हुए कहा।

"वह इसलिए, क्योंकि इसे जल-प्रपात द्वारा मिलाया गया है," मिस्टर वोंका ने उन्हें बताया।

इस बीच नाव तीव्र गति के साथ नदी के बहाव की दिशा में जा रही थी। अब नदी सिकुड़ रही थी। आगे एक अंधेरी सुरंग नज़र आ रही थी; एक बड़ी गोलाकार सुरंग जो किसी विशाल पाइप की तरह दिख रही थी। और वह नदी सीधे टनल की ओर बढ़ रही थी। और नाव भी! "चप्पू चलाते रहो!" मिस्टर वोंका ने उछलते हुए और हवा में अपनी छड़ी घुमाते हुए चिल्लाकर कहा। "पूरी तेज़ गति से!" और ऊंपा-लूंपाओं ने तेज़ गति से नाव आगे बढ़ा दी। नाव एक गहरी अंधेरी सुरंग में अंदर तेज़ी से गुज़र रही थी। नाव में बैठी सवारियाँ जोश में भर गईं और चीख़ने लगीं।

"वे कैसे देख सकते हैं कि वे कहाँ जा रहे हैं?" वायलेट बॉरेगार्ड ने अंधेरे में चीख़ते हुए पूछा।

"वे नहीं जानते हैं कि वे कहाँ जा रहे हैं," मिस्टर वोंका ने कहा। इतना कहकर वह 'हो-हो' करते हुए ज़ोर से हँसने लगे।

दुनिया में जानने का कोई तरीक़ा नहीं है,
कि वे किस दिशा में जा रहे हैं!
वे नहीं जानते हैं कि वे नाव कहाँ लेकर जा रहे हैं,
या फिर यह नदी किस दिशा में बह रही है!
रोशनी की कोई किरण नहीं जो यह दिखा पाए,
इसलिए हो सकता है कि ख़तरा बढ़ता जाए,
क्योंकि नाविक चला रहे हैं,
और वे रुकने का कोई
संकेत भी नहीं दिखा रहे हैं...'

"लगता है, इनका दिमाग़ खिसक गया है!" किसी के पिता ने भयाकुल होकर चिल्लाते हुए कहा। इतने में दूसरों के माता-पिता भी भय से ग्रसित होकर उसके सुर-में-सुर मिलाते हुए चिल्लाने लगे। "वह पागल है!" उन्होंने चिल्लाते हुए कहा।

"वह सनकी है!"

"वह बावला है!"

"वह झक्की है!"

"वह पगला है!"

"वह बेवक़ूफ़ है!"

"वह दीवाना है!"

"वह बेअक़ल है!"

"वह मूर्ख है!"

"वह सिरफिरा है!"

"वह मूढ़ है!"

"वह कुंद है!"

"वह बौड़म है!"

"नहीं, वह नहीं है!" ग्रैंडपा 'जो' ने चिल्लाते हुए कहा।

"बत्तियाँ जलाओ!" मिस्टर वोंका ने चिल्लाते हुए कहा। अचानक बत्तियाँ जल उठीं। पूरी सुरंग रोशनी से जगमगा उठी। अब चार्ली देख रहा

था कि वे सब एक बहुत ही विशाल पाइप के भीतर हैं। ऊपर की तरफ़ मुड़ रही उसकी दीवारें निर्मल सफ़ेद और बेदाग़ हैं। पाइप के भीतर चॉकलेट की नदी बड़ी तेज़ी के साथ बह रही थी। उधर ऊंपा-लूंपा अत्यंत तीव्र गति के साथ नाव को आगे बढ़ाते जा रहे थे। नाव द्रुत गति के साथ आगे बढ़ी जा रही थी। नाव के पिछले हिस्से में बैठे मिस्टर वोंका उछल-उछल कर नाविकों को गति बढ़ाते रहने के निर्देश दे रहे थे। ऐसा लग रहा था कि उन्हें चॉकलेट की नदी में गुलाबी नाव में सवार होकर सफ़ेद सुरंग से भनभनाते हुए गुज़रने की संवेदना बहुत रास आती है। वह जोश से भरकर ज़ोर-ज़ोर से ताली बजा रहे थे। साथी भी खिल-खिलाकर हँस रहे थे। बीच-बीच में वह दूसरी सवारियों को उचटती नज़र से देखकर यह अंदाज़ लगाने की कोशिश कर रहे थे कि क्या वे भी उसका उतना ही आनंद उठा रहे हैं, जितना कि वह खुद।

"देखिए, ग्रैंडपा!" चार्ली ने कहा। "सुरंग की दीवार में एक दरवाज़ा है!" यह एक हरे रंग का दरवाज़ा था। और यह दरवाज़ा सुरंग में नदी की सतह से ठीक ऊपर बना हुआ था। और जब उनकी नाव दनदनाती हुई दरवाज़े के पास से गुज़री, उन लोगों के पास बस इतना समय था कि उस पर क्या लिखा है, वह पढ़ सकें; **"स्टोररूम नंबर** 54," उस पर लिखा था। **"सारी क्रीमें; डेरी क्रीम, व्हिप्ड क्रीम, वायलेट क्रीम, कॉफ़ी क्रीम, पाइनएपल क्रीम, वनीला क्रीम और हेयर क्रीम।"**

"हेयर क्रीम?" माइक टीवी चिल्लाया, "आप बालों की क्रीम का इस्तेमाल तो नहीं करते?"

"चप्पू चलाते रहो!" मिस्टर वोंका ने चिल्लाते हुए कहा। "हमारे पास बेवकूफ़ी भरे सवालों का जवाब देने का समय नहीं है!"

अब वह एक काले दरवाज़े के पास से गुज़रे। **"स्टोररूम नंबर** 71," उस पर लिखा था। **"व्हिप्स (यानी कोड़े); हर माप और आकार में।"**

"व्हिप्स!" वेरुका सॉल्ट ने कहा। "आप आख़िर व्हिप्स का किस काम के लिए इस्तेमाल करते हैं?"

"क्रीम व्हिप करने (यानी फेंटने) के लिए।" मिस्टर वोंका ने कहा। "बिना व्हिप्स के आप क्रीम को व्हिप कैसे कर सकते हैं? व्हिप्ड क्रीम तब तक व्हिप्ड क्रीम नहीं हो सकती अगर उसे व्हिप्स से व्हिप ना किया गया हो। बिलकुल उसी तरह जिस प्रकार पोच्ड एग्स (यानी उबले हुए अंडों) को

पोच्ड एग्स तब तक नहीं कहा जा सकता, जब तक उसे जंगल से रात के अंधेरे में चुराया नहीं गया हो! चप्पू चलाते रहो, प्लीज़।"

फिर वह एक पीले दरवाज़े के पास से गुज़रे। उस पर लिखा था; **स्टोररूम नंबर** 77; **हर तरह की बीन्स (फलियाँ), काकाओ बीन्स, कॉफ़ी बीन्स, जेली बीन्स और हैस बीन्स।**

"हैस बीन्स?" वायलेट बॉरेगार्ड ने कहा।

"तुम स्वयं (एक हैस बीन) हो!" मिस्टर वोंका ने कहा। "बहस करने का वक़्त नहीं है! चलते रहो, चलते रहो!" लेकिन पाँच सेकेंड बाद जब एक चमकदार लाल दरवाज़ा नज़र आया, उन्होंने अचानक अपनी सोने के सिरे वाली छड़ी हवा में लहराई और चिल्लाते हुए बोले, "नाव को रोको!"

19

आविष्कार कक्ष; चिरस्थायी गॉबस्टॉपर और हेयर टॉफ़ी

जैसे ही मिस्टर वोंका ने चिल्लाकर कहा, "नाव को रोको!" ऊंपा-लूंपा अपने चप्पू नदी में अटकाकर पूरी ताक़त के साथ पानी पीछे करने लगे। नाव वहीं रुक गई।

फिर ऊंपा-लूंपाओं ने नाव को लाल दरवाज़े की ओर मोड़ा। दरवाज़े पर लिखा था - **आविष्कार कक्ष; निजी; कृपया दूर रहें**। मिस्टर वोंका ने अपनी जेब से एक चाबी निकाली और नाव की एक ओर झुकते हुए चाबी दरवाज़े के की-होल में डाल दी।

"यह पूरी फ़ैक्ट्री का सबसे महत्त्वपूर्ण कमरा है!" उन्होंने कहा, "मेरे सभी नए गुप्त आविष्कार यहीं हो रहे हैं! बूढ़ा फ़िक्लग्रूबर इस दरवाज़े से सिर्फ़ तीन मिनट के लिए भीतर जाने की अनुमति पाने के लिए अपने सामने के दाँत देने को राज़ी हो जाएगा। प्रोडनोज़, स्लग्वर्थ और दुनिया के सभी घटिया चॉकलेट निर्माता भी ऐसा करने को राज़ी हो जाएँगे! लेकिन अभी, मेरी बात सुनो। मैं नहीं चाहता कि जब तुम अंदर जाओ तो किसी भी प्रकार की मूर्खतापूर्ण हरकत करो। कुछ छूना-छाना नहीं, कोई छेड़-छाड़ नहीं और कुछ भी चखना नहीं! क्या सब सहमत हैं?"

"जी, जी हाँ!" बच्चों ने कहा। "हम कुछ भी नहीं छुएँगे!"

"अब तक," मिस्टर वोंका ने कहा, "किसी को भी नहीं, यहाँ तक कि किसी एक ऊंपा-लूंपा को भी, इस अंदर आने की अनुमति नहीं दी गई है।"

उन्होंने दरवाज़ा खोला और नाव से बाहर क़दम रखते हुए कक्ष में प्रवेश कर गए। चारों बच्चे और उनके माता-पिता तेज़-तेज़ क़दम उठाते हुए चलने लगे।

“कुछ भी छूना नहीं,” मिस्टर वोंका ने चिल्लाते हुए कहा। “और कुछ भी गिराना नहीं!”

चार्ली बकेट ने उस विशाल कक्ष के चारों ओर नज़र घुमाई। यह कक्ष क्या था, ऐसा लग रहा था कि किसी जादू-टोना करने वाले की रसोई है। चारों तरफ़ काले धातु के बने बर्तन विशाल चूल्हों पर चढ़े हुए थे। उनमें कुछ खौल रहा था और बुलबुले उठ रहे थे। केतलियों और कढ़ाइयों से सन-सन और छन-छन करती हुई आवाज़ें सुनाई पड़ रही थीं। लोहे की बनी अजीब तरह की मशीनों से झन-झनाने और खड़-खड़ाने की आवाज़ सुनाई पड़ रही थी। दीवारों और छत पर हर तरफ़ पाइपों की शृंखला नज़र आ रही थी। पूरी जगह भाप और धुएँ से भरी हुई थी और भीनी-भीनी खुशबू से महक रही थी।

अचानक से मिस्टर वोंका पहले से कहीं ज़्यादा उत्साहित नज़र आने लगे थे। कोई भी समझ सकता था कि यह उनका सबसे पसंदीदा कमरा है। वह सॉस पैन और मशीनों के बीच इस कदर बच्चों की तरह उत्साहित होकर उछल-कूद रहे थे, जैसा कोई बच्चा क्रिसमस के समय मिले अपने उपहारों के बीच हो और उसे यह समझ नहीं आ रहा हो कि कौन-सा तोहफ़ा पहले खोला जाए। उन्होंने एक बड़ी हांडी का ढक्कन उठाया और एक साँस भरते हुए उसे सूँघा। फिर वह तेज़ी से आगे बढ़कर गए। अब उन्होंने किसी चिपचिपे पीले रंग के पदार्थ से भरे बैरल में अँगुली डुबोई और उसको चख कर देखा। फिर वह फुदकते हुए एक मशीन के पास पहुँच गए। उन्होंने लगभग आधा दर्जन घुंडियाँ घुमाई होंगी; कुछ एक तरफ़ और कुछ दूसरी तरफ़। फिर वह आकुलता से भरकर एक विशाल ओवन के काँच के दरवाज़े के भीतर झाँकने लगे। उन्होंने अंदर कुछ देखा। और जाने क्या हुआ उन्होंने अचानक हाथ मलना और खुशी के मारे ज़ोर-ज़ोर से हँसना शुरू कर दिया। फिर वह भागते हुए दूसरी मशीन की तरफ़ चले गए - एक चमकती हुई छोटी-सी चीज़, जिसमें से निरंतर फट-फट-फट-फट-फट की आवाज़ आ रही थी। और जब भी फट की आवाज़ आती तब हरे रंग का एक बड़ा कंचा ज़मीन पर रखी टोकरी में गिर जाता था। कहने का तात्पर्य कि वह कंचे जैसा दिखता था।

“चिरस्थायी गॉबस्टॉपर!” मिस्टर वोंका ने गर्व से भरकर कहा। “ये बिलकुल नए हैं! मैं इसे उन बच्चों के लिए बना रहा हूँ, जिन्हें बहुत कम

जेब-ख़र्च मिलता है। आप चिरस्थायी गॉबस्टॉपर को अपने मुँह में डालकर पूरा समय चूसते रह सकते हैं, लेकिन इसका आकार कभी छोटा नहीं पड़ता।"

"यह च्युइंग गम के जैसा है," वायलेट बॉरेगार्ड चीख़ी।

"नहीं, यह च्युइंग गम के जैसा नहीं है," मिस्टर वोंका ने कहा। "च्युइंग गम चबाने के लिए होती है। और अगर आपने एक गॉबस्टॉपर को चबाने की कोशिश की तो आपके दाँत टूट जाएँगे! और ये कभी छोटे नहीं होते! ये कभी ग़ायब नहीं होते! **कभी नहीं!** कम-से-कम मैं ऐसा नहीं सोचता हूँ। इस क्षण अगले कक्ष यानी परीक्षण कक्ष में इनमें से एक गॉबस्टॉपर का परीक्षण चल रहा है। एक ऊंपा-लूंपा उसे चूस रहा है। वह उसे लगभग पिछले एक वर्ष से निरंतर चूसे जा रहा है। और वह अभी भी पहले जैसा ही है!"

"अब, यहाँ," मिस्टर वोंका ने ज़ारी रखते हुए कहा। वह उत्साह से फुदकते हुए कमरे के दूसरी तरफ़ दीवार के पास पहुँच गए थे। "यहाँ पर मैं बिलकुल नई प्रकार की टॉफ़ियों की शृंखला ईजाद कर रहा हूँ।" वह एक बड़े सॉस पैन के पास ठहर गए। उस सॉस पैन में एक गाढ़ा चिपचिपा बैंगनी रंग का सीरा भरा हुआ खौल रह था और उसमें से बुलबुले उठ रहे थे। पंजों के बल पर खड़े होकर भी नन्हा चार्ली बस किसी तरह अंदर झाँक पा रहा था।

"यह हेयर टॉफ़ी है," मिस्टर वोंका ने कहा। "आप उसका सिर्फ़ एक छोटा टुकड़ा भर खाते हैं। बस ठीक आधे घंटे में आपके सिर पर बालों का नया सुंदर रेशमी गुच्छा ऊगने लगता है। और मूँछें भी। और दाढ़ी भी।"

"दाढ़ी!" वेरुका सॉल्ट ने कहा। "भगवान के लिए, दाढ़ी किसे चाहिए?"

"वह तुम पर काफ़ी जँचेगी," मिस्टर वोंका ने कहा, "लेकिन दुर्भाग्य से अभी मिश्रण पूरी तरह से सही नहीं है। मैंने इसे कुछ ज़्यादा ही शक्तिशाली बना दिया है। यह कुछ ज़्यादा ही अच्छा काम करता है। मैंने कल परीक्षण कक्ष में इसका एक ऊंपा-लूंपा पर प्रयोग करके देखा था। उसी पल एक लंबी काली दाढ़ी उसकी ठुड्डी से निकलकर बाहर आने लगी। उस दाढ़ी के बढ़ने की गति इतनी तेज़ थी कि देखते-ही-देखते वह पूरे फ़र्श पर फैल गई। फ़र्श पर घने बालों का कालीन-सा ही बिछ गया। वास्तव में वह इतनी तेज़ी के साथ ऊग रही थी कि हम उतनी तेज़ी के साथ उसे काट भी नहीं पा रहे थे! आख़िर में उसे नियंत्रण में करने के लिए हमें लॉन की घास काटने वाली

मशीन का उपयोग करना पड़ा! लेकिन अब मैं मिश्रण जल्द ही सुधार लूँगा। और जब ऐसा हो जाएगा तो छोटे लड़कों और लड़कियों को गंजा सिर लिए घूमने का कोई बहाना नहीं रह जाएगा!"

"लेकिन मिस्टर वोंका," माइक टीवी ने कहा, "छोटे लड़के और लड़कियाँ वैसे भी बिना..."

"मुझसे बहस मत करो, प्यारे बच्चे। प्लीज़, बहस मत करो!" मिस्टर वोंका ने कहा। "यह वक़्त की बर्बादी है! अब, उस जगह, अगर आप इस तरफ़ आएँ, तो मैं आपको कुछ ऐसा दिखाऊँगा, जिस पर मुझे अत्यंत गर्व है। ओह, सावधानी ज़रूर रखें! कुछ गिराएँ नहीं! पीछे खड़े रहें!"

20

बड़ी गम मशीन

एक दैत्याकार मशीन आविष्कार कक्ष के बीचों-बीच खड़ी थी। मिस्टर वोंका आगंतुकों के समूह को मशीन के नज़दीक ले गए। अब यह मशीन क्या थी, चमकते हुए धातु का पहाड़ थी, जो अपनी विशालता से बच्चों और उनके माता-पिता को ढँक रही थी। उसके ऊपर के हिस्से से सैकड़ों पतले ग्लास ट्यूब बाहर निकलते हुए नज़र आ रहे थे। सारे ग्लास ट्यूब नीचे की ओर मुड़े हुए थे और एक गुच्छे के रूप में इकट्ठा होकर एक विशाल गोल टब के ऊपर लटके हुए थे।

"लो शुरू करते हैं," मिस्टर वोंका ने मशीन के एक तरफ़ लगे तीन बटनों को दबाते हुए कहा। एक क्षण बाद ही मशीन के अंदर से भयंकर गड़गड़ाने की आवाज़ आई। पूरी मशीन भयावह तरीक़े से काँप रही थी। भाप सर-सर करती हुई ऊपर उड़ने लगी। फिर अचानक दर्शकों को सैकड़ों की संख्या में रखे ग्लास ट्यूबों के अंदर तरल पदार्थ जाता हुआ दिखाई पड़ा। ग्लास ट्यूबों की दूसरी ओर से तरल पदार्थ की धार निकलती हुई दिखाई दी, जो एक विशाल टब में जा रही थी। हर ग्लास ट्यूब में तरल पदार्थ का रंग अलग था। इंद्रधनुष के सभी रंग (समेत कई दूसरे रंग) छप-छप करते हुए टब में प्रवाहित हो रहे थे। बहुत ही सुंदर नज़ारा दिख रहा था। और जब टब लगभग भर गया, मिस्टर वोंका ने एक और बटन दबाया। उसी क्षण वह तरल पदार्थ ग़ायब हो गया। और अब सर-सर करती हुई आवाज़ सुनाई पड़ने लगी। फिर एक बड़ा व्हिज़र उस विशाल टब में घर-घर की आवाज़ करते हुए घूमने लगा और सभी अलग-अलग रंग वाले पदार्थों को एक आइस-क्रीम सोडा की तरह आपस में मिलाने लगा। धीरे-धीरे उस मिश्रण में से झाग निकलने लगा। और जैसे-जैसे फेन ज़्यादा हो रहा था, उसका रंग भी बदल रहा था; नीले से सफ़ेद से हरा से भूरा से पीला, और फिर वापस नीला।

"देखो!" मिस्टर वोंका ने कहा।

तभी मशीन से 'क्लिक' की आवाज़ आई और व्हिज़र ने घूमना बंद कर दिया। फिर अचानक कुछ खिंचने जैसी आवाज़ आई, और बड़ी ही तेज़ी के साथ उस विशाल बेसिन से नीला झागदार मिश्रण पूरा-का-पूरा खिंचता हुआ वापस मशीन के पेट में पहुँच गया। एक क्षण के लिए ख़ामोशी छा गई। फिर एक अजीब-सी गड़गड़ाती हुई आवाज़ आई। एक बार फिर ख़ामोशी पसर गई। फिर अचानक मशीन से एक भीषण चरमराती हुई आवाज़ आई। उसी पल मशीन की एक तरफ़ छोटी दराज़ (लगभग एक स्लॉट मशीन के दराज़ जितनी बड़ी) खुल गई। उस दराज़ में एक बहुत ही छोटी, पतली धूसर रंग की चीज़ पड़ी हुई थी कि हर किसी को लगने लगा कि अवश्य ही यह कोई ग़लती होगी। वह चीज़ किसी ग्रे कार्डबोर्ड की पतली स्ट्रिप जैसी थी।

बच्चे और उनके माता-पिता सब की निगाहें दराज़ में रखी उस नन्ही ग्रे स्ट्रिप पर गड़ी हुई थीं।

"आपका मतलब बस वही है?" माइक टीवी ने खीजते हुए कहा।

"बस यही," मिस्टर वोंका ने अपनी खोज को गर्व से देखते हुए जवाब में कहा। "क्या आपको पता है कि यह क्या है?"

कुछ देर के लिए शांति छा गई। फिर अचानक, वायलेट बॉरेगार्ड यानी च्युइंग गम चबाने वाली मूर्ख लड़की के मुँह से उत्साह भरी चीख़ निकल पड़ी। "च्युइंग गम की कसम यह च्युइंग गम है!" उसने चीख़ते हुए कहा। "यह एक च्युइंग गम की स्टिक है।"

"तुमने सही कहा!" मिस्टर वोंका ने वायलेट की पीठ थपथपाते हुए कहा। "यह च्युइंग गम की स्टिक है। और यह दुनिया की सबसे अद्‌भुत, और सबसे विशिष्ट, और सबसे ज़्यादा शानदार च्युइंग गम है।"

21

गुडबाय वायलेट

“यह च्युइंग गम” मिस्टर वोंका ने ज़ारी रखते हुए कहा, “मेरी नवीनतम, मेरी महानतम, और मेरी सबसे अद्भुत खोज है! यह च्युइंग गम का भोजन है! यह...यह...यह...वह नन्ही-सी छोटी-सी च्युइंग गम अपने आप में पूरी थाली-भर रात का भोजन है!”

“यह क्या बकवास है?” किसी के पिता ने कहा।

“माय डियर सर!” मिस्टर वोंका ने कहा, “जब मैं यह च्युइंग गम दुकानों में बेचना शुरू करूँगा, यह सब कुछ बदल देगा! दुनिया की सारी रसोइयों और खाना बनाने की झंझट से हमेशा के लिए फुर्सत हो जाएगी! शॉपिंग करने की दरकार ख़त्म हो जाएगी। मीट और राशन ख़रीदने से छुटकारा हो जाएगा! भोजन के समय पर चाकू और काँटे नहीं हुआ करेंगे! कोई प्लेट नहीं! बर्तन माँजने नहीं पड़ेंगे। कोई कूड़ा नहीं! कोई गंदगी नहीं! सिर्फ़ वोंका के जादुई च्युइंग गम की एक छोटी-सी स्ट्रिप...और आपको अपने नाश्ते, लंच और डिनर के लिए बस यही चाहिए! च्युइंग गम की यह स्टिक जो मैंने बनाई है उसमें टमाटर सूप, भुना हुआ बीफ़ और ब्लूबेरी पाई है। लेकिन आप लगभग कुछ भी बना सकते हैं!”

“क्या मतलब है आपका, यह टमाटर सूप, भुना हुआ बीफ़ और ब्लूबेरी पाई है?” वायलेट बॉरेगार्ड ने कहा।

“अगर आप इसे चबाना शुरू करेंगे,” मिस्टर वोंका ने कहा, “तब आपको मेन्यू में बिलकुल यही मिलेगा। यह वास्तव में अद्भुत है! वास्तव में आप भोजन को अपने गले से उतरता हुआ और पेट में जाता हुआ महसूस कर सकते हैं और आप इसका पूरा स्वाद ले सकते हैं। और यह आपका पेट भी भर देगा! यह आपको संतुष्ट कर देगा! यह शानदार है!”

“यह बिलकुल असंभव है,” वेरुका सॉल्ट ने कहा।

"जब तक वह च्युइंग गम है," वायलेट बॉरेगार्ड ने चिल्लाते हुए कहा, "जब तक वह च्युइंग गम का टुकड़ा है और मैं उसे चबा सकती हूँ, तो वह मेरे लिए है!" और फिर बिना क्षण गँवाए उसने अपना विश्व-कीर्तिमान स्थापित कर चुका च्युइंग गम का टुकड़ा मुँह से निकाला और अपने कान के पीछे लगा लिया। "चलिए, मिस्टर वोंका," उसने कहा, "मुझे आपका वह जादुई च्युइंग गम दीजिए, और मैं देखूँगी कि क्या यह वाकई में काम करता है।"

"अब, वायलेट," उसकी माँ मिसेज़ बॉरेगार्ड ने कहा, "कोई मूर्खतापूर्ण काम मत करो, वायलेट।"

"मुझे वह च्युइंग गम चाहिए," वायलेट ने ज़िद करते हुए कहा। "इसमें मूर्खतापूर्ण क्या है?"

"मैं नहीं चाहूँगा कि तुम उसे लो," मिस्टर वोंका ने नम्रतापूर्वक कहा। "देखो, मैंने अभी तक उसे ढंग से नहीं बनाया है। अभी भी एक-दो चीज़ें हैं..."

"ओह, मुझे कोई परवाह नहीं!" वायलेट ने कहा। और अचानक, इससे पहले कि मिस्टर वोंका उसे रोक पाते उसने अपना मोटा हाथ आगे बढ़ाया, छोटे दराज़ से च्युइंग गम की स्टिक को झपट कर उठाया और उसे अपने मुँह में डाल लिया। फिर क्या अगले ही पल, उसके बड़े-बड़े, सधे हुए जबड़ों ने चिमटे की तरह उसे चबाना शुरू कर दिया।

"नहीं!" मिस्टर वोंका ने कहा।

"शानदार," वायलेट ने चिल्लाते हुए कहा। "यह टमाटर सूप है। यह गरमा-गर्म है, और क्रीमी है, और स्वादिष्ट है। ऐसा लग रहा है कि यह मेरे गले के नीचे से उतर रहा है!"

"ठहरो!" मिस्टर वोंका ने कहा। "यह च्युइंग गम अभी पूरी तरह से तैयार नहीं है! यह सही नहीं है!"

"बेशक, यह सही है!" वायलेट ने कहा। "यह बहुत बढ़िया काम कर रहा है! अहा! कितना स्वादिष्ट सूप है!"

"उसे थूक दो!" मिस्टर वोंका ने कहा।

"यह बदल रहा है," वायलेट ने चिल्लाते हुए कहा। वह साथ-साथ में चबा भी रही थी और मुस्करा भी रही थी। "अब दूसरा पकवान आ रहा

है! यह भुना हुआ बीफ़ है! यह कोमल है और रसभरा है! अहा, क्या स्वाद है! बेक्ड आलू भी अद्भुत हैं। इसका छिलका खस्ता है और इसमें मक्खन भरा हुआ है।"

"लेकिन कितना दिलचस्प है, वायलेट" मिसेज़ बॉरेगार्ड ने कहा। "तुम एक बुद्धिमान लड़की हो।"

"चबाती रहो, बेबी" मिस्टर बॉरेगार्ड ने कहा। "चबाती रहो। बॉरेगार्ड परिवार के लिए यह बड़ा दिन है! हमारी लड़की दुनिया की पहली व्यक्ति है, जिसने च्युइंग गम वाला भोजन खाया है!"

हर कोई वायलेट बॉरेगार्ड को उस असाधारण च्युइंग गम को चबाते हुए देखे जा रहा था। नन्हा चार्ली बकेट वायलेट को देख कर मंत्रमुग्ध हुआ जा रहा था; उसके रबर सरीखे होंठ चबाते समय कैसे च्युइंग गम को दबा रहे थे और फिर ढीला छोड़ रहे थे। ग्रैंडपा 'जो' भी बगल में खड़े होकर उस लड़की को टकटकी लगाकर देखे जा रहे थे, और उनका मुँह खुला-का-खुला रह गया था। उधर मिस्टर वोंका हाथ मटकाते हुए कह रहे थे, "नहीं, नहीं, नहीं, नहीं, नहीं! वह अभी खाने के लिए तैयार नहीं है! वह सही नहीं है! तुम्हें ऐसा नहीं करना चाहिए!"

"ब्लूबेरी पाई और क्रीम!" वायलेट ने चिल्लाते हुए कहा। "अब वह आ गया! वाह! यह बिलकुल परफ़ेक्ट है! बहुत स्वादिष्ट है! यह... बिलकुल ऐसा लग रहा है कि मैं इसे निगल रही हूँ! ऐसा महसूस हो रहा है कि मैं इसे चबा रही हूँ। ऐसा लग रहा है कि मैं बड़े-बड़े चम्मच भरकर दुनिया की सबसे बेहतरीन ब्लूबेरी पाई निगल रही हूँ!"

"हे भगवान! मेरी बच्ची!" मिसेज़ बॉरेगार्ड ने वायलेट को घूरकर देखते हुए अचानक चीख़ते हुए कहा, "तुम्हारी नाक को क्या हो रहा है!"

"ओह, माँ, चुप रहो। और मुझे ख़त्म करने दो!" वायलेट ने कहा।

"वह नीली हो रही है," मिसेज़ बॉरेगार्ड ने ज़ोर से चिल्लाते हुए कहा। "तुम्हारी नाक ब्लूबेरी की तरह नीली होती जा रही है!"

"तुम्हारी माँ सही कह रही है!" मिस्टर बॉरेगार्ड ने चिल्लाते हुए कहा। "तुम्हारी पूरी नाक अब बैंगनी हो गई है।"

"तुम्हारा क्या मतलब है?" वायलेट, जो अभी भी चबाए जा रही थी, ने कहा।

"तुम्हारे गाल," मिसेज़ बॉरेगार्ड ने ज़ोर से चिल्लाते हुए कहा। "वे भी नीले पड़ रहे हैं! और तुम्हारी ठुड्डी भी! तुम्हारा पूरा चेहरा नीला पड़ रहा है।"

"उस च्युइंग गम को तुरंत थूक डालो!" मिस्टर बॉरेगार्ड ने आदेश दिया।

"भगवान! हमें बचाओ!" मिसेज़ बॉरेगार्ड ने फिर चिल्लाते हुए कहा। "मेरी लड़की नीली और बैंगनी होती जा रही है! उसके बालों का रंग भी बदल रहा है। वायलेट, तुम वायलेट (यानी बैंगनी) होती जा रही हो। वायलेट! तुम्हें क्या हो रहा है?"

"मैंने तुमसे कहा था कि मैं अभी इसे सही ढंग से नहीं बना पाया हूँ," मिस्टर वोंका ने एक लंबी गहरी साँस छोड़ते हुए और दुखी भाव से सिर हिलाते हुए कहा।

"मैं मानती हूँ कि आपने उसे सही ढंग से नहीं बनाया है," मिसेज़ बॉरेगार्ड ने कहा। "ज़रा अब मेरी लड़की को देखो!"

हर कोई वायलेट को ही घूर-घूरकर देखा जा रहा था। और वाकई वह कितनी भयानक और अजीब लग रही थी! उसका चेहरा, हाथ-पैर, गर्दन, उसकी पूरी त्वचा और यहाँ तक कि उसके सिर पर घुंघराले बालों का गुच्छा; सब कुछ चमकते हुए नीले-बैंगनी रंग में तब्दील हो गया था। बिलकुल ब्लूबेरी जूस की तरह।

"जब भी खाने के बाद मिठाई आती है, तब हमेशा गड़बड़ हो जाती है," मिस्टर वोंका ने साँस छोड़ते हुए कहा। "दरअसल, यह ब्लूबेरी पाई है, जो ऐसा करती है। लेकिन एक दिन में इसे सुधार लूँगा। आप सिर्फ़ इंतज़ार करिए और देखिए।"

"वायलेट," मिसेज़ बॉरेगार्ड ने चिल्लाते हुए कहा, "तुम फूल रही हो!"

"मैं बीमार महसूस कर रही हूँ," वायलेट ने कहा।

"तुम फूल रही हो!" मिसेज़ बॉरेगार्ड ने फिर चिल्लाते हुए कहा।

"मुझे बहुत अजीब लग रहा है।" वायलेट ने हाँफते हुए कहा।

"कोई आश्चर्य नहीं है!" मिस्टर बॉरेगार्ड ने कहा।

"हे भगवान, मेरी लड़की," मिसेज़ बॉरेगार्ड ने चीख़ते हुए कहा। "तुम गुब्बारे की तरह फूल रही हो।"

"एक ब्लूबेरी की तरह," मिस्टर वोंका ने कहा।

"किसी डॉक्टर को बुलाओ!" मिसेज़ बॉरेगार्ड ने चिल्लाकर कहा।

"उसे सुई चुभाओ!" दूसरे बच्चों में से किसी एक के पिता ने कहा।

"उसे बचाओ!" मिसेज़ बॉरेगार्ड ने हाथ मटकाते हुए कहा।

लेकिन अब उसे बचाया नहीं जा सकता था। उसका शरीर फूलता जा रहा था। और अब वह इस गति के साथ अपना आकार बदल रहा था कि एक मिनट में वह नीले रंग का एक विशाल गोला बन गई थी; वास्तव में वह एक दैत्यनुमा ब्लूबेरी बन गई थी; और अगर वायलेट बॉरेगार्ड का कुछ बचा था तो वह उसके नन्हे पैर और नन्ही बाँहें थीं, जो उस विशाल गोल फल से बाहर निकल रहे थे। और उसका सिर जो ऊपर दिखाई पड़ रहा था।

"हमेशा ऐसा ही होता है," मिस्टर वोंका ने साँस छोड़ते हुए कहा। "मैंने परीक्षण कक्ष में लगभग बीस बार इसका ऊंपा-लूंपाओं पर परीक्षण किया है। और हर बार वे एक ब्लूबेरी में तब्दील हो गए। यह बहुत ही कष्ट पहुँचाने वाली बात है। मुझे कुछ समझ नहीं आ रहा।"

"लेकिन मुझे बच्ची के रूप में ब्लूबेरी नहीं चाहिए," मिसेज़ बॉरेगार्ड ने चिल्लाते हुए कहा। "उसे इसी पल वापस पहले जैसा कर दो!"

मिस्टर वोंका ने चुटकी बजाई। तुरंत दस ऊंपा-लूंपा हाज़िर हो गए।

"मिस बॉरेगार्ड को लुढ़काकर नाव तक ले जाओ," मिस्टर वोंका ने उन्हें कहा, "और उसे तुरंत जूसिंग रूम में ले जाओ।"

"जूसिंग रूम?" मिसेज़ बॉरेगार्ड ने कहा। "वे उसके साथ वहाँ क्या करेंगे?"

"उसे निचोड़ेंगे," मिस्टर वोंका ने कहा। "हमें तुरंत उसके अंदर से सारा जूस निचोड़ना होगा। फिर हम सिर्फ़ देख सकते हैं कि वह किस रूप में बाहर आती है। लेकिन चिंता नहीं करें, मिसेज़ बॉरेगार्ड। अगर ज़रूरत पड़ी तो अंतिम उपाय के तौर पर हम उसकी मरम्मत भी कर देंगे। मुझे इस बात का खेद है, वाकई..."

उधर ऊंपा-लूंपाओं ने उस विशाल ब्लूबेरी को आविष्कार कक्ष के फ़र्श पर लुढ़काना भी शुरू कर दिया था। वह उसे लुढ़काते हुए उस दरवाज़े की ओर ले जा रहे थे, जो चॉकलेट की नदी पर खुलता था। वहाँ एक नाव इंतज़ार कर रही थी। मिस्टर और मिसेज़ बॉरेगार्ड तेज़ी के साथ उनके पीछे-पीछे जाने लगे। चार्ली और ग्रैंडपा 'जो' समेत आगंतुकों के समूह में बचे बाक़ी लोग बिलकुल स्तब्ध होकर उन्हें जाता हुआ देख रहे थे।

"सुनिए," चार्ली फुसफुसाया। "सुनिए, ग्रैंडपा 'जो!' बाहर नाव में ऊंपा-लूंपाओं ने गाना शुरू कर दिया है!"

सौ ऊंपा-लूंपा एक साथ गा रहे थे। उनकी आवाज़ें कक्ष के अंदर ऊँची और स्पष्ट सुनाई दे रही थीं :

'प्यारे दोस्तों, हम निश्चित ही इस बात से सहमत हैं,
कि इससे ज़्यादा बुरा देखने के लिए कुछ भी नहीं है,
कि एक छोटी, और घिनौनी निठल्लू लड़की,
दिनभर च्युइंग गम चबाती रहती है,
(यह लगभग उतना ही बुरा है, जैसे
कोई बैठकर दिन भर नाक साफ़ करता रहता है।)
सो, प्लीज़, जब हम कहते हैं तब विश्वास मानिए,
च्युइंग गम चबाने से कोई फ़ायदा नहीं होगा,
इस चिपचिपी चीज़ को चबाने की आदत से,
चबाने वाले का अंजाम बुरा ही होगा।
क्या आप में से किसी को पता है,
मिस बिगेलो नाम की एक महिला के बारे में?
उस फूहड़ महिला को दिन भर च्युइंग गम चबाने में,
कुछ ग़लत नज़र नहीं आता था।
वह टब में नहाते वक़्त भी चबाती रहती थी,
वह क्लब में नाचते वक़्त भी चबाती रहती थी,
वह चर्च में और बस में भी चबाती रहती थी,
और वाकई यह कितना हास्यास्पद लगता था।
और जब उसे अपनी च्युइंग गम नहीं मिलती थी,
तब वह लिनोलियम चबाना शुरू कर देती थी,
या फिर और कुछ भी जो उसके आसपास हो;
जूतों का जोड़ा हो, पोस्टमैन का कान हो,
या फिर लोगों के अंडरक्लॉथ हों,
और एक बार उसने अपने बॉयफ्रेंड की नाक तक चबा डाली।
वह चबाती रहती थी, और आख़िरकार,
उसकी चबाने की मांसपेशियाँ इतनी बढ़ गईं,
कि उसके चेहरे से उसकी बड़ी ठुड्डी
किसी वायलिन की तरह लटकने लगी।

कई सालों तक उसने ऐसे ही चबाना ज़ारी रखा,
हर दिन वह लगभग पचास च्युइंग गम चबा जाती थी,
और अंततः गर्मी के मौसम की एक शाम, अफ़सोस,
एक बहुत बुरी घटना घटी।
मिस बिगेलो बिस्तर पर सोने के लिए देर से गई,
आधे घंटे तक वह लेटकर पढ़ रही थी,
और वह पूरे समय चबा रही थी,
जैसे मानो कोई मगरमच्छ काम पर लगा हो,
और आख़िरकार, जब उसने अपनी च्युइंग गम निकाली,
और पास में रखे एक स्पेशल ट्रे में रख दी,
और वापस सोने के लिए चली गई;
(और वह 'काउंटिंग शीप' प्रक्रिया से यह कर पाती थी)
लेकिन अब, जब वह सो रही थी, एक अजीब बात हुई,
उसके बड़े-बड़े जबड़े अब भी,
चबाए जा रहे थे, उन्होंने पूरी रात चबाना ज़ारी रखा,
हालाँकि चबाने के लिए कुछ भी नहीं था।
दरअसल, उन्हें अब ऐसी आदत लग गई थी,
कि उन्हें अब चलते ही रहना था।
और घुप अंधेरे में, साफ़-साफ़,
उस सोती हुई महिला के बड़े मुँह,
के खुलने और बंद होने की; स्नैप-स्नैप-स्नैप!
और तेज़-तेज़; चोप-चोप-चोप।
ये आवाज़ें सुनाई पड़ना बड़ा ही भद्दा लग रहा था।
उधर शोर बढ़ता जा रहा था, और रुक नहीं रहा था,
और अंत में उसके जबड़ों ने तय कर लिया,
कि वे थोड़े रुकेंगे, और ज़्यादा चौड़े खुलेंगे,
और फिर ज़ोर से चबाते हुए,
महिला के जबड़ों ने उसकी जीभ को दो हिस्सों में काट डाला,

और इसके बाद, सिर्फ़ च्युइंग गम की वजह से,
मिस बिगेलो गूँगी हो गई,
और फिर उसे अपना पूरा जीवन,
एक घटिया सेनेटोरियम में बिताना पड़ा।
और इसलिए हम सब बहुत मेहनत करेंगे,
कि मिस वायलेट बॉरेगार्ड को,
इस तरह की नियति को भुगतने से बचाया जाए।
वह अभी काफ़ी युवा है, और अभी ज़्यादा देर नहीं हुई है,
बशर्ते कि वह इलाज को सह पाए,
हम उम्मीद करते हैं कि वह कर पाएगी
लेकिन हम निश्चित नहीं कह सकते।'

22

गलियारे से गुज़रना

“ख़ैर, ख़ैर, ख़ैर” मिस्टर विली वोंका ने गहरी साँस छोड़ते हुए कहा, “दो शैतान बच्चे तो जा चुके हैं। अभी भी तीन अच्छे बच्चे बचे हुए हैं। मुझे लगता है कि हमारे लिए इस कक्ष से जल्दी बाहर चले जाना अच्छा होगा, इससे पहले कि हम किसी और बच्चे को खो दें!”

“लेकिन मिस्टर वोंका,” चार्ली बकेट ने चिंतापूर्वक कहा, “क्या वायलेट बॉरेगार्ड कभी भी ठीक हो पाएगी। या वह हमेशा ब्लूबेरी बनी रह जाएगी?”

“वे बिना ज़्यादा समय लगाए उसमें से सारा जूस निकाल लेंगे!” मिस्टर वोंका ने कहा। “वे उसे लुढ़काते हुए जूस बाहर निकालने वाली मशीन तक ले जाएँगे, और वह उस मशीन से सीटी की तरह दुबली-पतली होकर बाहर निकलेगी!”

“लेकिन क्या वह हमेशा नीली रहेगी?” चार्ली ने पूछा।

“वह बैंगनी रहेगी!” मिस्टर वोंका ने कहा। “बहुत ही उम्दा बैंगनी रंग। लेकिन ऐसा ही होता है! ऐसा ही होता है, जब आप पूरे दिन एक घटिया च्युइंग गम मुँह में चबाते रहते हैं।”

“अगर आपको लगता है कि च्युइंग गम घटिया चीज़ है,” माइक टीवी ने कहा, “तो आप उसे अपनी फ़ैक्ट्री में बनाते क्यों हैं?”

“मैं कामना करता हूँ कि तुम बड़बड़ाओ नहीं,” मिस्टर वोंका ने कहा। “मुझे तुम्हारा कहा हुआ एक भी शब्द सुनाई नहीं पड़ रहा है। चलिए! चलते हैं! जल्दी करिए! मेरे पीछे आइए! हम एक बार फिर गलियारे की ओर जा रहे हैं!” इतना कहते हुए, मिस्टर वोंका तेज़-तेज़ क़दमों से चलते हुए आविष्कार कक्ष के अंतिम छोर की ओर चले गए, और वहाँ पाइप और स्टोव के पीछे बने एक छोटे गुप्त दरवाज़े से बाहर निकल गए। बाक़ी तीन

बच्चे; यानी वेरुका सॉल्ट, माइक टीवी और चार्ली बकेट; और उन सभी के साथ पाँचों वयस्क उनके पीछे-पीछे जाने लगे।

चार्ली बकेट ने देखा कि अब वे सब वापस उस लंबे गुलाबी रंग के गलियारे में पहुँच गए हैं। उस गलियारे में से कई गुलाबी गलियारे बाहर निकल रहे हैं। मिस्टर वोंका बहुत ही तेज़ी के साथ सामने चल रहे थे। बीच-बीच में वह कभी बाएँ, कभी दाएँ और फिर कभी बाएँ घूम जाते थे। ग्रैंडपा 'जो' कह रहे थे, "मेरे हाथों को कसकर पकड़ लो चार्ली। यहाँ पर भटक जाना बहुत ही मुश्किल भरा होगा।"

मिस्टर वोंका कह रहे थे, "अब मूर्खतापूर्ण हरकतों के लिए समय नहीं है! जिस गति से हम सब काम कर रहे हैं, हम कुछ नहीं कर पाएँगे!" और वह आगे तेज़ी के साथ गुलाबी रंग के गलियारों से गुज़रते हुए बढ़ते चले गए। उनका टॉप हैट उनके सिर पर विराजमान था। उनके पीछे उनके भूरे-धूसर रंग के वेल्वेट कोट का फ़्लैप ऐसे उड़ रहा था, जैसे मानो हवा में कोई झण्डा उड़ता है।

वे दीवार में लगे एक दरवाज़े के पास से गुज़रे। "अंदर जाने का समय नहीं है!" मिस्टर वोंका ने कहा। "तेज़-तेज़ चलते रहें! तेज़-तेज़ चलते रहें!"

फिर वे एक दूसरे दरवाज़े के पास से गुज़रे, फिर एक और, और फिर एक और। लगभग हर बीस क़दम की दूरी पर एक दरवाज़ा था। हर दरवाज़े पर कुछ-न-कुछ लिखा था। कई दरवाज़ों के पीछे से अजीब-अजीब झनझनाती हुई आवाज़ें आ रही थीं। और की-होल से भीनी-भीनी ख़ुशबू रिसती हुई बाहर आ रही थी। और कभी-कभी रंग-बिरंगी भाप दरवाज़ों के नीचे दरार से उड़ती हुई बाहर आ जाती थी।

ग्रैंडपा 'जो' और चार्ली कभी चल रहे थे, तो कभी दौड़ रहे थे, ताकि वे मिस्टर वोंका के साथ क़दम मिलाकर चल सकें। लेकिन जल्दी-जल्दी चलते हुए भी वह दोनों कुछ दरवाज़ों पर क्या लिखा था, यह पढ़ ही ले रहे थे; **ईटेबल मार्शमैलो पिलोज़** (यानी मार्शमैलो के तकिए खाने के लिए), एक दरवाज़े पर लिखा था।

"मार्शमैलो पिलोज़ शानदार है!" मिस्टर वोंका ने तेज़ गति से आगे बढ़ते हुए चिल्लाते हुए कहा। "एक बार मैंने ये दुकानों पर पहुँचाए नहीं कि ये लोगों के दिलों पर छाए नहीं! लेकिन अभी अंदर जाने का वक़्त नहीं है! बिलकुल भी समय नहीं है!"

लिकेबल वॉलपेपर फ़ॉर नर्सरीज़ (यानी नर्सरियों के लिए चाटे जाने वाले वॉलपेपर), एक दूसरे दरवाज़े पर लिखा था।

"बहुत ही स्वादिष्ट चीज़ है, लिकेबल वॉलपेपर!" मिस्टर वोंका ने तेज़ी से आगे बढ़ते हुए कहा। "इसमें फलों की तसवीरें हैं; केले, सेब, संतरे, अंगूर, अनानास, स्ट्रॉबेरी, और स्नोज़ज़बेरी..."

"स्नोज़ज़बेरी?" माइक टीवी ने कहा।

"टोकाटाकी मत करो!" मिस्टर वोंका ने कहा। "वॉलपेपर पर इन सब फलों की तसवीरें छपी हुई हैं। और जब आप एक केले की तसवीर को चाटोगे, तो आपको केले का स्वाद आएगा। जब आप स्ट्रॉबेरी की तसवीर को चाटोगे, तो स्ट्रॉबेरी का स्वाद आएगा। और जब आप एक स्नोज़ज़बेरी को चाटोगे तो आपको एक स्नोज़ज़बेरी का स्वाद आएगा..."

"लेकिन एक स्नोज़ज़बेरी का स्वाद कैसा होता है?"

"तुम फिर बड़बड़ा रहे हो," मिस्टर वोंका ने कहा। "अगली बार ज़रा ज़ोर से बोलना। चलो चलते हैं! जल्दी करो!"

हॉट आइस क्रीम्स फ़ॉर कोल्ड डेज़ (यानी सर्दी के दिनों के लिए गरमा-गर्म आइस क्रीम्स), अगले दरवाज़े पर लिखा था।

"सर्दियों के मौसम के बहुत ही उपयोगी," मिस्टर वोंका ने तेज़ी से आगे बढ़ते हुए कहा। "गरमा-गर्म आइस क्रीम आपको ठंड के मौसम में गर्म रखती है। मैं गरमा-गर्म आइस क्यूब भी बनाता हूँ, जिसमें गरम पेय पदार्थों को डाला जा सकता है। गरमा-गर्म आइस क्यूब गरम पेय पदार्थों को और गर्म कर देते हैं।"

काउज़ देट गिव चॉकलेट मिल्क (यानी गाएँ जो चॉकलेट दूध देती हैं), अगले दरवाज़े पर लिखा था।

"आह, मेरी प्यारी नन्ही गाएँ!" मिस्टर वोंका ने कहा। "मैं उनसे कितना प्यार करता हूँ!"

"लेकिन हम उन्हें देख क्यों नहीं सकते?" वेरुका सॉल्ट ने कहा। "हमें इन प्यारे कमरों के पास से तेज़ी से गुज़रते हुए जाना क्यों ज़रूरी है?"

"जब सही समय होगा हम ठहर जाएँगे!" मिस्टर वोंका ने कहा। "इतना ज़्यादा बेसब्र मत हो!"

फ़िज़ी लिफ़्टिंग ड्रिंक्स (यानी बुलबुलों वाले लिफ़्टिंग ड्रिंक्स), अगले दरवाज़े पर लिखा था।

"ओह, वह शानदार है!" मिस्टर वोंका ने कहा। "वह आपको बुलबुलों से भर देता है। और वे बुलबुले एक ख़ास प्रकार की गैस से भरे हुए होते हैं। और यह गैस इतनी लिफ़्टिंग है कि यह आपको ज़मीन से किसी गुब्बारे की तरह लिफ़्ट कर देती है। और आप हवा में ऊपर उठते हुए चले जाते हैं, जब तक कि आपका सिर छत से टकरा ना जाए; और फिर आप वहीं बने रहते हैं।"

"लेकिन फिर आप वापस कैसे आते हैं?" नन्हे चार्ली ने कहा।

"आपको डकारना होता है, बेशक," मिस्टर वोंका ने कहा। "आप एक लंबी, बड़ी और भद्दी डकार मारते हैं। गैस निकलकर ऊपर उड़ जाती है। और आप वापस नीचे आ जाते हैं! लेकिन इसे बाहर मत पीना! क्योंकि कुछ कहा नहीं जा सकता कि आप उड़ते हुए कितने ऊपर चले जाएँगे। मैंने एक

बार एक बूढ़े ऊंपा-लूंपा को थोड़ी-सी मात्रा में यह दिया था। उस वक़्त हम एक बैकयार्ड में थे। वह ऊपर उड़ता चला गया और आँखों से ओझल हो गया! वह बहुत दुखदाई क्षण था। फिर मैंने उसे कभी नहीं देखा।"

"उसे डकार मारनी चाहिए थी," चार्ली ने कहा।

"बेशक, उसे डकार मारनी चाहिए थी," मिस्टर वोंका ने कहा। "मैं वहाँ पर खड़ा होकर चिल्ला रहा था, 'डकार मारो, मूर्ख गधे। डकार मारो, वरना तुम कभी नीचे नहीं आ पाओगे!' लेकिन उसने डकार नहीं मारी, या मार नहीं पाया, या मारना नहीं चाहा। मुझे नहीं पता इसमें से क्या बात थी। हो सकता है कि वह कुछ ज़्यादा ही शिष्ट था। हो सकता है अभी वह चाँद पर हो।"

अगले दरवाज़े पर लिखा था, **स्क्वायर स्वीट्स देट लुक राउंड।**

"रुको!" मिस्टर वोंका ने अचानक से फिसलते हुए रुके और कहा। "मुझे अपनी चौकोर मिठाइयों पर गर्व है। चलो, ज़रा झाँक कर देखते हैं।"

23

स्क्वायर स्वीट्स देट लुक राउंड

सभी ठहर गए और दरवाज़े के पास इकट्ठा हो गए। दरवाज़े के ऊपर का हिस्सा काँच का बना था। ग्रैंडपा 'जो' ने चार्ली को उठाया ताकि उसे एक बेहतर नज़ारा दिखाई पड़ सके। अंदर झाँकने पर, चार्ली को एक लंबी मेज़ नज़र आई। उस मेज़ पर छोटी, सफ़ेद, चौकोर आकार की मिठाइयों की कई पंक्तियाँ नज़र आ रही थीं। वे मिठाइयाँ चीनी की चौकोर गाँठ जैसी नज़र आ रही थीं; बस फ़र्क़ सिर्फ़ इतना था कि हर मिठाई पर एक मज़ेदार छोटा प्यारा-सा चेहरा पेंट किया हुआ था। उधर मेज़ की एक तरफ़ कई ऊंपा-लूंपा इन मिठाइयों पर चेहरे पेंट कर रहे थे।

"लो वे रहीं," मिस्टर वोंका ने कहा, "स्क्वायर स्वीट्स देट लुक राउंड!"

"लेकिन मुझे तो वे राउंड (यानी गोल) दिखाई नहीं पड़ रही हैं," माइक टीवी ने कहा।

"वे चौकोर दिख रही हैं," वेरुका ने कहा। "वे पूरी तरह चौकोर दिख रही हैं।"

"लेकिन वे चौकोर ही हैं," मिस्टर वोंका ने कहा। "मैंने कभी नहीं कहा कि वे चौकोर नहीं हैं।"

"आपने कहा था कि वे राउंड (यानी गोल) हैं," वेरुका सॉल्ट ने कहा।

"मैंने कभी भी ऐसा कुछ नहीं कहा," मिस्टर वोंका ने कहा। "मैंने कहा कि देट लुक्ड राउंड (यानी जो घूमकर देखती हैं।)"

"लेकिन वे राउंड (यानी गोल) नहीं दिख रही हैं," वेरुका सॉल्ट ने कहा। "वे चौकोर दिख रही हैं।"

"दे लुक राउंड (यानी वे घूमकर देखती हैं।)" मिस्टर वोंका ने अपनी बात पर ज़ोर देते हुए कहा।

"निश्चित रूप से वे राउंड (यानी गोल) नहीं देखती हैं," वेरुका सॉल्ट ने कहा।

"वेरुका, डार्लिंग।" मिसेज़ सॉल्ट ने कहा, "मिस्टर वोंका पर ध्यान मत दो! वे तुमसे झूठ बोल रहे हैं!"

"झगड़ालू महिला," मिस्टर वोंका ने कहा, "जाओ कहीं जाकर मर जाओ।"

"तुम्हारी हिम्मत कैसे हुई मुझसे इस तरह बात करने की!" मिसेज़ सॉल्ट ने कहा।

"ओह, चुप रहो," मिस्टर वोंका ने कहा। "अब इसे देखो!"

इतना कहते हुए उन्होंने अपनी जेब से चाबी निकाली और ताला खोलने लगे। फिर उन्होंने दरवाज़ा एक झटके के साथ खोल दिया... और अचानक... दरवाज़ा खुलने की आवाज़ के साथ पंक्तियों में रखी सभी चौकोर मिठाइयाँ घूमकर देखने लगीं कि अंदर कौन आ रहा है। वास्तव में वे नन्हे चेहरे दरवाज़े की ओर मुड़कर मिस्टर वोंका को घूर रहे थे।

"लो, वे रहीं," मिस्टर वोंका ने विजयी भाव से कहा, "दे आर लुकिंग राउंड (वे घूमकर देख रही हैं।) इस बात पर कोई बहस नहीं हो सकती। दे आर स्क्वायर स्वीट्स देट लुक राउंड (वे चौकोर मिठाइयाँ हैं, जो घूमकर देखती हैं।)"

“सही में! वह सही कह रहे हैं!” ग्रैंडपा ‘जो’ ने कहा।

“चलिए!” मिस्टर वोंका ने कहा। वह वापस गलियारे में आगे जाने लगे। “हम आगे चलते हैं! हमें समय बर्बाद नहीं करना चाहिए!”

बटरस्कॉच ऐंड बटरजिन अगले दरवाज़े पर लिखा हुआ नज़र आया।

“अब यह ज़रा ज़्यादा दिलचस्प लग रहा है,” वेरुका के पिता मिस्टर सॉल्ट ने कहा।

“बेहद उम्दा चीज़ है,” मिस्टर वोंका ने कहा, “सभी ऊंपा-लूंपाओं को यह बहुत पसंद है। उन पर हल्का नशा छा जाता है। सुनो! आप उन्हें अभी वहाँ सुन सकते हैं। सब मौज-मस्ती कर रहे हैं।”

बंद दरवाज़े में से हँसी की चीख़ें और टुकड़ों में गाना गाए जाने की आवाज़ें सुनाई पड़ रही थीं।

“उन्होंने बहुत पी रखी है,” मिस्टर वोंका ने कहा। “वे बटरस्कॉच और सोडा पी रहे हैं। उन्हें वह सबसे ज़्यादा पसंद है। बटरजिन और टॉनिक भी बहुत लोकप्रिय हैं। मेरे पीछे आइए, प्लीज़! हमें बार-बार इस तरह रुक नहीं जाना चाहिए।” वह अपनी बाईं ओर मुड़ गए। फिर वह दाईं ओर मुड़ गए। तभी सामने कुछ सीढ़ियाँ नज़र आईं। मिस्टर वोंका रेलिंग पर से फिसलते हुए नीचे उतर गए। बाक़ी तीनों बच्चों ने भी यही किया। उस टोली में बची महिलाओं, यानी मिसेज़ सॉल्ट और मिसेज़ टीवी, दोनों की साँस फूलनी शुरू हो गई थी। मिसेज़ सॉल्ट काफ़ी मोटी थीं। उनकी टाँगें भी छोटी थीं। और अभी वह किसी गैंडे की तरह हाँफ रहीं थीं। “इस तरफ़!” मिस्टर वोंका ने सीढ़ियों के नीचे उतरने के बाद बाईं ओर मुड़ते हुए कहा।

“धीरे चलिए,” मिसेज़ सॉल्ट ने हाँफते हुए कहा।

“असंभव,” मिस्टर वोंका ने कहा। “अगर हमने ऐसा किया तो हम कभी वहाँ नहीं पहुँच पाएँगे।”

“कहाँ पहुँचना है?” वेरुका सॉल्ट ने पूछा।

“चिंता मत करो,” मिस्टर वोंका ने कहा। “तुम सिर्फ़ इंतज़ार करो और देखो।”

24

नट रूम में वेरुका

मिस्टर वोंका पूरे वेग के साथ गलियारे में आगे बढ़े जा रहे थे। **द नट रूम (अखरोट कक्ष),** अगले दरवाज़े पर लिखा था।

"ठीक है," मिस्टर वोंका ने कहा, "एक पल के लिए ठहर जाइए, और थोड़ी साँस ले लीजिए। और इस दरवाज़े के ग्लास पैनल से अंदर झाँक कर देखिए। लेकिन अंदर नहीं जाना है! कुछ भी करिए, लेकिन अंदर नहीं जाना है। कुछ भी हो, लेकिन अखरोट कक्ष के अंदर नहीं जाना है! अगर आप जाएँगे तो गिलहरियाँ परेशान हो जाएँगी!"

हर कोई दरवाज़े के आसपास इकट्ठा हो गया।

"ओह, देखो, ग्रैंडपा, देखो!" चार्ली ने कहा।

"गिलहरियाँ," वेरुका सॉल्ट ने चिल्लाते हुए कहा।

"ओह!" माइक टीवी ने कहा।

वास्तव में वह बड़ा अद्भुत नज़ारा था। एक सौ गिलहरियाँ एक बहुत लंबी मेज़ के आसपास ऊँचे-ऊँचे स्टूलों पर बैठी हुई थीं। मेज़ पर अखरोट के ऊँचे-ऊँचे ढेर पड़े हुए थे। सभी गिलहरियाँ पूरे उत्साह के साथ काम में जुटी हुई थीं और बड़ी ही तीव्र गति के साथ अखरोट के छिलकों को उतार रही थीं।

"इन गिलहरियों को विशेष रूप से अखरोट को उसके खोल से निकालने के लिए प्रशिक्षित किया गया है," मिस्टर वोंका ने समझाते हुए कहा।

"गिलहरियों का उपयोग क्यों?" माइक टीवी ने पूछा। "ऊंपा-लूंपा का क्यों नहीं?"

"क्योंकि," मिस्टर वोंका ने कहा, "ऊंपा-लूंपा अखरोट को उसके खोल से पूरे-का-पूरा नहीं निकाल सकते हैं। वे हमेशा उसे दो भागों में तोड़ देते हैं। गिलहरियों के अलावा कोई भी अखरोट को उसके खोल से साबुत नहीं

निकाल सकता है। यह बहुत ही कठिन है। लेकिन मेरी फ़ैक्ट्री में मेरा ज़ोर है कि मुझे सिर्फ़ साबुत अखरोट चाहिए। इसलिए मैंने गिलहरियों को इस काम में लगाया है। हैं ना वे अद्भुत, वे जिस तरह से अखरोट निकालती हैं! और ज़रा देखो वे किस तरह से हर अखरोट को पहले अपने पोरों से थपथपा कर सुनिश्चित करती हैं कि यह ख़राब तो नहीं है। अगर वह ख़राब है तो उसमें से एक विचित्र आवाज़ आती है। तो वे उसे खोलने की परेशानी नहीं उठातीं। वे बस उसे कचरे के पाइप में फेंक देती हैं। वहाँ! देखो! उस गिलहरी को देखो जो हमारे सबसे नज़दीक है! मुझे लगता है कि अभी उसे एक ख़राब अखरोट मिला है!"

उन्होंने उस नन्ही गिलहरी को अखरोट के खोल को थपथपाते हुए देखा। फिर उसने अपना सिर एक तरफ़ तिरछा कर ध्यानपूर्वक सुना, और अचानक उसने अखरोट को अपने कंधों से पीछे फ़र्श पर बने विशाल छेद में फेंक दिया।

"हे, मम्मी!" वेरुका सॉल्ट ने अचानक चिल्लाते हुए कहा। "मैंने तय कर लिया है कि मुझे एक गिलहरी चाहिए! मुझे उनमें से एक गिलहरी लाकर दो!"

"बेवकूफ़ मत बनो, स्वीटहार्ट," मिसेज़ सॉल्ट ने कहा, "ये सब मिस्टर वोंका की हैं।"

"मुझे इस बात की परवाह नहीं है!" वेरुका ने चिल्लाते हुए कहा। "मुझे एक चाहिए। मेरे पास घर में सिर्फ़ दो कुत्ते, और चार बिल्लियाँ, और छह बनी खरगोश, और दो पैराकीट तोते, और दो कैनरियाँ, और एक हरा तोता, और एक कछुआ और गोल्डफ़िश का एक कटोरा, और सफ़ेद चूहों का एक पिंजरा, और एक मूर्ख बूढ़ा हम्सटर चूहा है! मुझे एक गिलहरी चाहिए।"

"ठीक है, मेरी बच्ची," मिसेज़ सॉल्ट ने उसे शांत करते हुए कहा। "मम्मी आपके लिए एक गिलहरी लाएगी, जितनी जल्दी हो सके!"

"लेकिन मुझे कोई भी बूढ़ी गिलहरी नहीं चाहिए!" वेरुका ने चिल्लाते हुए कहा। "मुझे एक प्रशिक्षित गिलहरी चाहिए।"

इस समय मिस्टर सॉल्ट यानी वेरुका के पिता आगे आए। "ठीक है, वोंका," उन्होंने दंभ के साथ अपनी जेब से पैसों से भरा बटुआ निकालते हुए कहा। "इनमें से एक गिलहरी के लिए आपको कितना चाहिए। अपनी क़ीमत बोलिए।"

"वे बिकाऊ नहीं हैं," मिस्टर वोंका ने उत्तर में कहा। "उसे एक नहीं मिल सकती।"

"कौन कहता है कि मुझे नहीं मिल सकती!" वेरुका ने चिल्लाते हुए कहा। "मैं खुद अभी इसी क्षण अंदर जाकर अपने लिए एक गिलहरी ले लूँगी!"

"नहीं," मिस्टर वोंका ने तुरंत कहा, लेकिन तब तक बहुत देर हो चुकी थी। वेरुका झटके के साथ दरवाज़ा खोलकर दनदनाते हुए अंदर जा चुकी थी।

लेकिन जैसे ही वह कमरे के भीतर घुसी, सभी सौ गिलहरियों ने काम करना रोक दिया और सिर पीछे घुमा लिया। सब-की-सब उसे घूरकर देखे जा रही थीं। उनकी छोटी काली चमकीली आँखें उस पर गड़ी हुई थीं।

वेरुका भी रुक गई। उसने गिलहरियों को वापस घूरा। तभी उसकी नज़र एक प्यारी-सी नन्ही गिलहरी पर पड़ी - वह जो उसके सबसे नज़दीक थी और मेज़ के आख़िरी कोने पर बैठी थी। उसने अपने पंजों में एक अखरोट पकड़ रखा था।

"ठीक है," वेरुका ने कहा, "मैं तुम्हें लूँगी।"

उसने अपना हाथ गिलहरी को पकड़ने के लिए बढ़ाया... लेकिन जैसे ही उसने हाथ आगे बढ़ाया... एक क्षण से भी कम समय में जब उसका हाथ आगे बढ़ने लगा तभी कमरे में एक तेज़ हलचल हुई, मानो जैसे भूरे रंग की बिजली चमकी हो। पलक झपकते ही मेज़ पर बैठी सभी सौ गिलहरियों ने उसकी ओर छलाँग लगा दी और उसके शरीर पर चढ़ गईं।

उनमें से पच्चीस गिलहरियों ने उसके दाएँ हाथ को पकड़ा और ज़मीन से लगा दिया।

अन्य पच्चीस गिलहरियों ने उसके बाएँ हाथ को पकड़ा और ज़मीन से लगा दिया।

पच्चीस गिलहरियों ने उसके दाएँ पैर को पकड़ा और ज़मीन से लगा दिया।

चौबीस गिलहरियों ने उसके बाएँ पैर को पकड़ लिया।

और शेष रह गई एक गिलहरी (जो स्वाभाविक रूप से उनकी नेता थी) उसके कंधों पर चढ़ गई और उस अभागी लड़की के सिर पर अपने पोरों से थपथपाने लगी।

"उसे बचाओ!" मिसेज़ सॉल्ट ने चिल्लाते हुए कहा। "वेरुका! वापस आओ! वे उसके साथ क्या कर रही हैं?"

"वे जाँच रही हैं कि वह ख़राब नट तो नहीं है," मिस्टर वोंका ने कहा। "आप बस देखते जाइए।"

उधर वेरुका ज़बरदस्त संघर्ष कर रही थी। लेकिन गिलहरियों ने उसे कसकर पकड़ रखा था। वह हिल भी नहीं पा रही थी। इस बीच उसके कंधों पर बैठी गिलहरी ने अपने पोरों से उसकी कनपटी को थपथपाया।

फिर अचानक गिलहरियों ने वेरुका को ज़मीन पर खींचना शुरू कर दिया और फ़र्श पर घसीटते हुए लेकर जाने लगीं।

"हे भगवान! आख़िर वह एक ख़राब नट ही निकली," मिस्टर वोंका ने कहा। "उसके सिर से विचित्र आवाज़ आई होगी।"

उधर वेरुका लात चला रही थी और चिल्ला रही थी, लेकिन इसका कोई फ़ायदा नहीं हुआ। गिलहरियों के नन्हे पंजों ने उसे कसकर जकड़ा हुआ था और वह बच नहीं सकती थी।

"वे उसे कहाँ लेकर जा रहे हैं," मिसेज़ सॉल्ट ने चीख़ते हुए पूछा।

"वह वहीं जा रही हैं, जहाँ सारे ख़राब अखरोट जाते हैं," मिस्टर विली वोंका ने कहा। "कचरे के पाइप के नीचे।"

"हे भगवान! वे उसे पाइप की ओर ले जा रही हैं!" मिस्टर सॉल्ट ने काँच के दरवाज़े से अपनी बेटी को ताकते हुए कहा।

"तो उसे बचाओ!" मिसेज़ सॉल्ट ने कहा।

"बहुत देर हो चुकी है," मिस्टर वोंका ने कहा। "वह जा चुकी है।"

और वाकई वह जा चुकी थी।

"लेकिन कहाँ?" मिसेज़ सॉल्ट ने चीख़ते हुए और अपने हाथों को झटकते हुए पूछा। "ख़राब अखरोटों का क्या होता है? वह पाइप कहाँ जाता है?"

"वह नाली," मिस्टर वोंका ने उन्हें बताया, "सीधे फ़ैक्ट्री से उस बड़े मुख्य कचरा पाइप तक जाती है, जो फ़ैक्ट्री के हर हिस्से से तमाम कचरा निकालता है; फ़ैक्ट्री के फ़र्श पर पड़ी गंदगी और आलू के छिलके, और सड़ी हुई पत्तागोभियाँ, और मछली के सिर, और इस तरह की दूसरी चीज़ें।"

"इस फ़ैक्ट्री में मछली, और पत्ता गोभी, और आलू कौन खाता है, मैं जानना चाहूँगा?" माइक टीवी ने कहा।

"मैं खाता हूँ, बेशक," मिस्टर वोंका ने कहा। "तुम यह तो नहीं सोच रहे कि मैं बस काकाओ बीन खाकर ज़िंदा हूँ?"

"लेकिन... लेकिन... लेकिन..." मिसेज़ सॉल्ट ने चीख़ते हुए कहा, "वह बड़ा पाइप अंत में कहाँ जाता है?"

"अरे, भट्ठी तक, बेशक," मिस्टर वोंका ने शांत भाव से कहा। "कचरा-भट्ठी तक।"

इतना सुनते ही मिसेज़ सॉल्ट अपना बड़ा लाल मुँह खोलकर ज़ोर-ज़ोर से चिल्लाने लगी।

"चिंता मत कीजिए," मिस्टर वोंका ने कहा, "यह संभावना हमेशा होती है कि उन्होंने आज उसे जलाने का निर्णय नहीं लिया हो।"

"संभावना!" मिसेज़ सॉल्ट ने चिल्लाते हुए कहा, "मेरी डार्लिंग, वेरुका। वह...वह...वह... सॉसेज की तरह भुन जाएगी।"

"बिलकुल ठीक, माय डियर," मिस्टर सॉल्ट ने कहा। "देखिए, वोंका," उन्होंने कहा, "मुझे लगता है कि यह ज़रा ज़्यादा हो गया है। मैं मानता हूँ कि मेरी बेटी थोड़ी ढीठ है; और मुझे यह स्वीकार करने में कोई

एतराज़ नहीं है; लेकिन इसका मतलब यह नहीं कि आप उसे भूनकर किसी कुरकुरी चीज़ में तब्दील कर देंगे। मैं आपको बताना चाहूँगा कि मैं इस बात से सख़्त नाराज़ हूँ, वाकई में हूँ।"

"ओह, नाराज़ मत हों, माय डियर सर!" मिस्टर वोंका ने कहा। "मैं उम्मीद करता हूँ कि देर-सवेर वह वापस आ जाएगी। हो सकता है कि वह नीचे गई भी ना हो। हो सकता है कि वह पाइप में ऊपर ही फँस गई हो। और अगर ऐसा है तो आपको सिर्फ़ इतना करना है, वहाँ जाना है और उसे ऊपर खींच लेना है।"

इतना सुनते ही दोनों मिस्टर और मिसेज़ सॉल्ट धड़धड़ाते हुए अखरोट कक्ष में प्रवेश कर गए और दौड़ते हुए फ़र्श पर बने विशाल छेद के पास पहुँचकर अंदर झाँकने लगे।

"वेरुका!" मिसेज़ सॉल्ट ने चिल्लाकर आवाज़ दी। "क्या तुम वहाँ नीचे हो!"

लेकिन कोई जवाब नहीं आया।

मिसेज़ सॉल्ट थोड़ा और झुकीं ताकि वह और नज़दीक से देख पाएँ। अब वह घुटनों के बल बैठी हुई थीं और छेद के बिलकुल किनारे तक पहुँच गई थीं। उनका सिर अंदर की ओर झुका हुआ था और उनका भारी-भरकम पिछवाड़ा हवा में किसी मशरूम की भाँति निकला हुआ दिखाई पड़ रहा था। वास्तव में यह बहुत ही ख़तरनाक पोज़ीशन थी। उन्हें बस एक ज़रा-सा झटका भर चाहिए था... सही जगह पर एक हल्का-सा धक्का... और गिलहरियों ने उन्हें वही दिया! अगले ही पल वह पाइप के छेद में सिर के बल गिरती हुई किसी तोते की तरह चिल्लाते हुए चली गईं।

"हे भगवान!" मिस्टर सॉल्ट ने अपनी पत्नी को उस छेद से लुढ़कते हुए नीचे जाते हुए देखते हुए कहा, "आज वहाँ कितना कचरा जा रहा है!" मिस्टर सॉल्ट ने उन्हें अंधेरे में ग़ायब होते हुए देखा। "वहाँ नीचे कैसा है, अंजीना?" उन्होंने आवाज़ दी। अब वह थोड़ा आगे झुके।

इतने में गिलहरियाँ दनदनाते हुए उनके पीछे पहुँच गईं...

"बचाओ," वह चिल्लाए।

लेकिन अब उन्होंने लुढ़कना शुरू कर दिया था, और वे पाइप के नीचे जा रहे थे; उसी प्रकार जैसे उनसे पहले उनकी पत्नी और उनकी बेटी गई थी।

"बाप रे!" चार्ली, जो दूसरे लोगों के साथ दरवाज़े से यह नज़ारा देख रहा था, ने कहा। "अब उनके साथ क्या होगा?"

"मैं उम्मीद करता हूँ कि कोई उन्हें पाइप के नीचे पकड़ लेगा," मिस्टर वोंका ने कहा।

"और उस विशाल आग की कचरा-भट्ठी का क्या," चार्ली ने पूछा।

"वे उसमें हर एक दिन छोड़कर आग लगाते हैं," मिस्टर वोंका ने कहा। "हो सकता है कि आज वह दिन हो जब वे ऐसा नहीं करते हों। कहा नहीं जा सकता... हो सकता है, वे भाग्यशाली हों..."

"श्श्श!" ग्रैंडपा 'जो' ने कहा। "सुनो! एक और गाना शुरू हो गया है!"

गलियारे में आगे दूर से ड्रम बजाए जाने की आवाज़ आ रही थी। फिर गाना शुरू हो गया।

'वेरुका सॉल्ट!' ऊंपा-लूंपाओं ने गाया।
वेरुका सॉल्ट, एक नन्ही उत्पाती है,
वह अभी-अभी कचरे के पाइप से नीचे गई है,
(और जैसा कि हमने सही सोचा था,
कि इस तरह की स्थितियों में हमें,
काम को पूरा अंजाम देना चाहिए,
इसलिए हमने उनके माँ-बाप को भी निपटा दिया।)
वेरुका नीचे गई है, पाइप के नीचे,
और अब शायद हमें यह बता देना चाहिए,
कि जैसे-जैसे वह नीचे जाएगी,
वह नए-नए दोस्तों से मिलेगी,
और जो उसके पीछे छूट गए हैं,
उनके लिए यह इतना परिष्कृत नहीं प्रतीत होगा,
उदाहरण के लिए, मछली का सिर,
जिसे आज सुबह ही हैलबट मछली से काटा गया था।

"हेलो! गुड मॉर्निंग, हाउ डू यू डू?
हाउ नाइस टु मीट यू! हाउ आर यू?"
और फिर थोड़ा नीचे जाने पर,
कुछ और चीज़ों के समूह उसके आसपास इकट्ठे होंगे,
बेकन की चमड़ी, और सूअर का बासा मांस,
बासी और सख़्त पाव रोटी,
स्टीक जिसे कोई चबा नहीं सकता,
ऑयस्टर स्टू का ऑयस्टर,
पुरानी व सड़ रही लिवरव्रस्ट सॉसेज,
जिसकी दुर्गंध मीलों दूर से आती है,
सड़ा हुआ अखरोट, बदबूदार नाशपाती,
एक चीज़ जो बिल्ली सीढ़ियों पर छोड़ गई थी,
और इसके अलावा भी कई और चीज़ें,
हर चीज़ से भयंकर दुर्गंध आती है।
ये सब वेरुका के नए दोस्त हैं,
जिनसे वह नीचे जाते समय मिलेगी।
और उसे यह क़ीमत चुकानी पड़ेगी,
क्योंकि वह कुछ ज़्यादा भटक गई थी,
लेकिन अब, प्रियजनों, हमें लगता है कि
आप सोच रहे होंगे; कि क्या यह सही है,
कि हर छोटे-से-छोटा इलज़ाम,
और सारी डाँट और सारी बदनामी,
वेरुका सॉल्ट को दी जानी चाहिए?
क्या सिर्फ़ वही ग़लत है?
क्योंकि हालाँकि वह बहुत ज़्यादा बिगड़ गई थी,
आप जानते हैं कि एक लड़की अपने आप को इतना बिगाड़ नहीं सकती।
तो फिर उसे किसने बिगाड़ा? आह, आख़िर किसने?
किसने उसकी हर ज़रूरत को इतना बढ़ावा दिया?
किसने उसे इतना उद्दंड बना दिया?

कौन गुनहगार हैं? किसने ऐसा किया?
अफ़सोस! बहुत दूर देखने की ज़रूरत नहीं है,
कि ये पापी कौन हैं।
वे हैं (और यह बड़ा अफ़सोसजनक है)
उसे प्यार करने वाले, उसके **माँ-बाप,**
और इसलिए हमें ख़ुशी है कि वे भी,
कचरे के पाइप से नीचे चले गए हैं।

25

बड़ी ग्लास लिफ़्ट

"मैंने ऐसा कभी कुछ नहीं देखा," मिस्टर वोंका ने कहा। "बच्चे ख़रगोश की तरह ग़ायब हो रहे हैं! लेकिन आपको चिंता नहीं करनी चाहिए। वे सब सफ़ाई से गुज़रकर, ठीक-ठाक बाहर आ जाएँगे।"

मिस्टर वोंका ने गलियारे में अपने साथ खड़ी उस छोटी टोली पर नज़र डाली। अब सिर्फ़ दो बच्चे ही रह गए थे; माइक टीवी और चार्ली बकेट। इसके अलावा तीन वयस्क बाक़ी रह गए थे; यानी मिस्टर और मिसेज़ टीवी और ग्रैंडपा 'जो'। "क्या हम आगे बढ़ें?" मिस्टर वोंका ने पूछा।

"ओह, हाँ," चार्ली और ग्रैंडपा 'जो' ने एक स्वर में कहा।

"मेरी टाँगों में दर्द हो रहा है," माइक टीवी ने कहा। "मुझे टेलीविज़न देखने का मन कर रहा है।"

"अगर तुम थक गए हो तो बेहतर होगा कि हम लिफ़्ट ले लें," मिस्टर वोंका ने कहा। "वह वहाँ है। चलिए! हम अंदर जाते हैं!" इतना कहते हुए वह रास्ते पर से फुदकते हुए एक डबल-डोर दरवाज़े के पास पहुँच गए। लिफ़्ट का दरवाज़ा सरकते हुए खुल गया।

"अब," मिस्टर वोंका ने कहा, "हमें कौन-सा बटन पहले दबाना चाहिए। कोई भी एक चुन लो!"

चार्ली बकेट तो हतप्रभ होकर अपने आसपास का नज़ारा देख रहा था। आज तक उसने जितनी भी लिफ़्ट देखी थीं, उनमें से यह दिमाग़ को सबसे ज़्यादा चकराने वाली थी। हर तरफ़ बटन-ही-बटन नज़र आ रहे थे। दीवारों और यहाँ तक कि छत भी छोटे काले बटन की पंक्तियों से पटी हुई थी। हर दीवार पर पर लगभग एक हज़ार बटन रहे होंगे। और छत पर भी लगभग हज़ार बटन मौजूद होंगे! और अब चार्ली ने गौर किया तो देखा कि हर बटन के पास में एक छोटा-सा प्रिंटेड लेबल है। उस लेबल

पर लिखा हुआ था कि कौन-से बटन दबाने पर लिफ़्ट किस कक्ष में लेकर जाएगी।

"यह लिफ़्ट ऊपर-नीचे जाने वाली कोई मामूली लिफ़्ट नहीं है," मिस्टर वोंका ने गर्व से कहा। "यह लिफ़्ट अगल-बगल, आड़ी-टेढ़ी, सीधी-तिरछी जिस तरफ़ चाहो उस तरफ़ जा सकती है। यह फ़ैक्ट्री के हर कमरे तक लेकर जा सकती है, चाहे वह कहीं भी हो! आपको बस कोई भी बटन दबाना है... और ज़िंग... आप चल पड़ते हो!"

"लाजवाब!" ग्रैंडपा 'जो' ने बुदबुदाते हुए कहा। बटन की पंक्तियों को देखकर उनकी आँखें मारे उत्साह के चमक रही थीं।

"पूरी लिफ़्ट मोटी, साफ़ काँच की बनी हुई है!" मिस्टर वोंका ने कहा। "दीवारें, दरवाज़े, छत, हर चीज़ काँच की बनी हुई है ताकि आप बाहर हर चीज़ देख सकें।"

"लेकिन देखने के लिए कुछ नहीं है," माइक टीवी ने कहा।

"एक बटन चुनो!" मिस्टर वोंका ने कहा। "दोनों बच्चों को एक-एक बटन दबाने का मौक़ा मिलेगा। तो कोई भी एक चुन लो! जल्दी करो! हर कमरे में कुछ स्वादिष्ट और अद्भुत बन रहा है।"

चार्ली जल्दी-जल्दी बटन के आसपास सटे लेबलों को पढ़ने लगा।

द रॉक-कैंडी माइन; 10,000 फ़ीट डीप (कैंडी-पत्थर की खान; 10,000 फ़ीट गहराई), एक लेबल पर लिखा था।

कोकेरनट-आइस स्कोटिंग रिंक्स (कोकेरनट की आइस स्केटिंग की रिंग), एक दूसरे लेबल पर लिखा था।

फिर... **स्ट्रॉबेरी जूस वाटर पिस्टल** (स्ट्रॉबेरी जूस से भरी वाटर पिस्टल।)

टॉफ़ी-एपल ट्रीज़ फ़ॉर प्लांटिंग आउट इन योर; ऑल साइजेज़ (आपके बगीचे में लगाने के लिए टॉफ़ी सेब के पेड़; हर आकार में।)

एक्सप्लोडिंग स्वीट्स फ़ॉर योर एनिमीज़ (आपके दुश्मनों के लिए विस्फोटक मिठाइयाँ।)

लुमिनस लोलिज फ़ॉर ईटिंग इन बेड एट नाइट (रात में बिस्तर पर खाने के लिए प्रकाशयुक्त लोलियाँ।)

मिंट जूजूबेस फ़ॉर द बॉय नेक्स्ट डोर - दे विल गिव हिम ग्रीन टीथ फ़ॉर अ मंथ (पड़ोसी लड़के के लिए पुदीना-युक्त जूजूबेस; वे उसे एक महीने के लिए ग्रीन टीथ देंगे।)

कैविटी-फ़िलिंग कारमल्स - नो मोर डेंटिस्ट्स (कैविटी को भरने वालीं कारमल्स; अब दंत चिकित्सकों की ज़रूरत नहीं।)

स्टिकजॉव फ़ॉर टॉकेटिव पेरेंट्स (बातूनी माँ-बाप के लिए स्टिकजॉव।)

रिग्गल-स्वीट्स दैट रिग्गल डिलाइटफुली इन योर टमी आफ़्टर स्वालोइंग (गटकने के बाद पेट में आनंदपूर्वक लोटने वाली लोटन-मिठाइयाँ।)

इनविजिबल चॉकलेट बार्स फ़ॉर ईटिंग इन क्लास (क्लास में खाने के लिए अदृश्य चॉकलेट बार।)

शुगर-कोटेड पेंसिल्स फ़ॉर सकिंग (चूसने के लिए चीनी लेपित पेंसिल।)

फ़िज़ी लेमोनेड स्विमिंग पूल्स (बुलबुलों वाले नींबू पानी का स्विमिंग पूल।)

मैजिक हैंड-फज़ - वेन यू होल्ड इट इन योर हैंड, यू टेस्ट इट इन योर माउथ (जादुई हैंड-फज़; जब आप उसे अपने हाथों में पकड़ते हैं, आप उसका स्वाद अपने मुँह में महसूस करते हैं।)

रेनबो ड्रॉप्स - सक थेम ऐंड यू कैन स्पिट इन सिक्स डिफ़रेंट कलर्स (इंद्रधनुषी बूँदें; इन्हें चूसने के बाद आप इसे छह अलग-अलग रंगों में थूक सकते हैं।)

"चलो, चलो!" मिस्टर वोंका ने कहा। "हम पूरा दिन इंतज़ार नहीं कर सकते।"

"क्या इन सब में कोई टेलीविज़न कक्ष नहीं है?" माइक टीवी ने पूछा।

"निश्चित रूप से यहाँ एक टेलीविज़न कक्ष भी है," मिस्टर वोंका ने कहा। "उसका बटन वहाँ है।" उन्होंने अपनी अँगुली से इशारा किया। हर कोई देखने लगा। **टेलीविज़न चॉकलेट,** बटन के पास एक छोटे-से लेबल पर लिखा था।

"हू हू!" माइक टीवी ने चिल्लाते हुए कहा। "वह मेरे लिए है!"

उसने अपना अँगूठा निकाला और बटन दबा दिया। उसी क्षण एक ज़ोरदार सनसनाती हुई आवाज़ हुई। दरवाज़ा फटाक की आवाज़ के साथ बंद

हो गया और लिफ़्ट सरसराती हुई द्रुत गति से आगे बढ़ने लगी मानो उसे किसी बर्र ने काट लिया हो। लेकिन वह अगल-बगल चल रही थी। सभी सवारियाँ (मिस्टर वोंका के अलावा जिन्होंने लिफ़्ट की छत पर मौजूद एक स्ट्रैप को पकड़ा हुआ था) झटके से उछल कर फ़र्श पर आ गिरे।

"उठिए, उठिए!" मिस्टर वोंका ने अट्टहास करते हुए कहा। लेकिन अभी वह लड़खड़ाते हुए अपने पैरों पर खड़े हो ही रहे थे कि लिफ़्ट ने अचानक से दिशा बदली और ज़ोर से घूम गई। और एक बार फिर सब गिर पड़े।

"बचाओ!" मिसेज़ टीवी ने चिल्लाते हुए कहा।

"मेरा हाथ पकड़िए, मैडम," मिस्टर वोंका ने विनीत भाव से कहा। "यह लीजिए! अब यह स्ट्रैप पकड़ लीजिए! सभी लोग एक स्ट्रैप पकड़ लीजिए। अभी हमारा सफ़र पूरा नहीं हुआ है!"

बूढ़े ग्रैंडपा 'जो' ने पैरों पर लड़खड़ाते हुए एक स्ट्रैप पकड़ा। नन्हा चार्ली, जो अभी इतना लंबा नहीं था कि उसका हाथ स्ट्रैप तक पहुँच सके, ने ग्रैंडपा 'जो' की टाँगों को कसकर पकड़ लिया था।

फिर लिफ़्ट रॉकेट की गति के साथ आगे बढ़ने लगी। अब वह ऊपर की ओर चढ़ने लगी थी। वह द्रुत गति के साथ तिरछी तीखी ढलान पर ऊपर जा रही थी, मानो वह किसी खड़ी पहाड़ी पर चढ़ रही हो। और फिर मानो वह लिफ़्ट किसी पहाड़ी की चोटी पर पहुँच कर खड़ी चट्टान को पार कर गई हो, वह एक पत्थर की तरह गिरने लगी। चार्ली को ऐसा लगा कि उसका पेट उसके गले पर ही पहुँच गया है। ग्रैंडपा 'जो' ने उत्साह से चिल्लाते हुए कहा, "यिप्पी! लो, चल पड़े!" उधर मिसेज़ टीवी ने कहा, "रस्सी टूट गई है! हम सब क्रैश करने वाले हैं!" और मिस्टर वोंका ने कहा, "खुद को शांत रखिए, माय डियर लेडी।" इतना कहकर उन्होंने हौसला बढ़ाते हुए उनकी बाँह थपथपाई। और फिर ग्रैंडपा 'जो' ने नीचे देखा। चार्ली ने उनके पैरों को कसकर पकड़ा हुआ था। उन्होंने चार्ली से पूछा, "तुम ठीक हो?" चार्ली ज़ोर से चिल्लाया, "मुझे यह बहुत पसंद है। ऐसा लग रहा है कि हम किसी रोलर कोस्टर में हैं!" उधर लिफ़्ट जैसे-जैसे तेज़ गति के साथ आगे बढ़ रही थी, उसकी काँच के दीवारों से सवारियों को दूसरे कमरों में चल रही गतिविधियों के अनोखे और अद्भुत नज़ारों की झलक देखने मिल रही थी :

एक बड़ा नल जिसमें से कोई भूरी चिपचिपी चीज़ रिसती हुई फ़र्श पर बह रही थी...

एक बड़ा, ऊबड़-खाबड़ पहाड़ जो पूरी तरह से फ़ज का बना हुआ था। ऊंपा-लूंपा (सुरक्षा हेतु रस्सियों से बँधे हुए) पहाड़ के हर अंचल से इस फ़ज के बड़े-बड़े हिस्से खोद रहे थे...

सफ़ेद पाउडर को चारों ओर छिड़कती हुई मशीन। नज़ारा कुछ ऐसा था कि मानो बर्फ़ीली आँधी चल रही हो...

गरमा-गर्म कारमल की झील, जिसमें से भाप उड़ रही थी...

ऊंपा-लूंपाओं का एक गाँव जहाँ छोटे-छोटे घर और सड़कें बनी हुई थीं और ऊंपा-लूंपाओं के सैकड़ों बच्चे; जिनकी लंबाई महज़ चार इंच थी; सड़कों पर खेल रहे थे...

और अब लिफ़्ट ने फिर से आड़ा चलना शुरू कर दिया था। लेकिन ऐसा लग रहा था कि लिफ़्ट अब पहले से भी ज़्यादा तेज़ चल रही है। चार्ली को बाहर हवा की सनसनाती हुई आवाज़ सुनाई पड़ रही थी... लिफ़्ट द्रुत गति के साथ आगे बढ़ती जा रही थी... वह थोड़ा घूमती... फिर थोड़ा मुड़ती... और फिर ऊपर जाती... और फिर नीचे आती... और...

"मैं बीमार हो जाऊँगी!" मिसेज़ टीवी ने चिल्लाते हुए कहा। उनका चेहरा पीला पड़ गया था। ऐसा लग रहा था कि मानो वह उल्टी नहीं कर दें।

"कृपया बीमार ना हों," मिस्टर वोंका ने कहा।

"कोशिश करिए और मुझे रोक लीजिए," मिसेज़ टीवी ने कहा।

"तो बेहतर होगा कि आप यह लीजिए," मिस्टर वोंका ने कहा, और उन्होंने अपने सिर से अपना शानदार काला टॉप-हैट निकाला, उसे आगे बढ़ाते हुए उल्टा करके मिसेज़ टीवी के मुँह के सामने रख दिया।

"इस अजीबोगरीब चीज़ को रोको," मिस्टर टीवी ने हुक्म देते हुए कहा।

"मैं ऐसा नहीं कर सकता," मिस्टर वोंका ने कहा। "यह तब तक नहीं रुक सकती जब तक हम वहाँ नहीं पहुँच जाएँ। मैं सिर्फ़ यह उम्मीद कर सकता हूँ कि इस वक़्त कोई दूसरी लिफ़्ट का इस्तेमाल नहीं कर रहा हो।"

"क्या दूसरी लिफ़्ट?" मिसेज़ टीवी ने चीख़ते हुए कहा।

"वह इसी ट्रैक पर दूसरी दिशा में जाती है," मिस्टर वोंका ने कहा।

"हे भगवान!" मिसेज़ टीवी ने कहा। "आपका मतलब है कि हमारी टक्कर हो सकती है।"

"अभी तक तो मैं भाग्यशाली रहा हूँ," मिस्टर वोंका ने कहा।

"अब मैं बीमार पड़ने वाली हूँ!" मिसेज़ टीवी ने कहा।

"नहीं, नहीं!" मिस्टर वोंका ने कहा। "अभी नहीं! हम लगभग पहुँच ही गए हैं! मेरे हैट को गंदा नहीं करें!"

और अगले क्षण लिफ़्ट के ब्रेक की चरमराने की आवाज़ आई। लिफ़्ट धीरे-धीरे रुकने लगी। और फिर वह पूरी तरह से ठहर गई।

"क्या राइड थी!" मिस्टर टीवी ने पसीने से लथपथ अपने चेहरे को रूमाल से पोंछते हुए कहा।

"अब कभी नहीं," मिसेज़ टीवी ने हाँफते हुए कहा। और फिर लिफ़्ट के दरवाज़े सरकते हुए खुल गए। और मिस्टर वोंका ने कहा, "अब एक मिनट! मेरी बात सुनिए! मैं चाहता हूँ कि हर कोई इस कमरे में अत्यधिक सावधान रहे। यहाँ पर ख़तरनाक चीज़ें चल रही हैं और आपको किसी चीज़ के साथ छेड़खानी नहीं करनी चाहिए।"

26

टेलीविज़न चॉकलेट कक्ष

चार्ली और ग्रैंडपा 'जो' समेत टीवी परिवार ने लिफ़्ट के बाहर जिस एक कक्ष में क़दम रखा वहाँ चारों ओर चौंधियाती हुई रोशनी और प्रखर उजाला फैला हुआ था। रोशनी इतनी तेज़ थी कि उनकी आँखें भिंच गईं। पैर ठिठक कर रुक गए। मिस्टर वोंका ने सबको एक-एक काला चश्मा थमाते हुए कहा, "इसे जल्दी से पहन लें! और कुछ भी करें, लेकिन इसे यहाँ नहीं उतारें! यहाँ की रोशनी आपको अंधा कर सकती है!"

जैसे ही चार्ली ने काला चश्मा पहना, वह चारों ओर बड़ी आसानी से देख पा रहा था। उसे एक लंबा सँकरा कमरा नज़र आया। पूरे कमरे को सफ़ेद रंग से पेंट किया गया था। यहाँ तक कि फ़र्श भी सफ़ेद रंग का था। कहीं भी धूल का एक कण तक नज़र नहीं आ रहा था। छत से टँगे विशाल आकार के लैंप कक्ष को अपनी चमकीली नीली-सफ़ेद रोशनी से नहला रहे थे। दूर कोनों को छोड़कर कमरा पूरा तरह से ख़ाली था। इनमें से एक कोने में पहियों वाला एक विशाल कैमरा रखा हुआ था। ऊंपा-लूंपाओं की एक विशाल सेना उसके इर्द-गिर्द जमा हुई पड़ी थी। वे उसकी गतिशील सतहों पर तेल लगा रहे थे, उसकी घुंडियों को एडजस्ट कर रहे थे और उसके बड़े-बड़े लेंसों पर पॉलिश लगा रहे थे। सभी ऊंपा-लूंपाओं का पहनावा भी बड़ा असाधारण था। वे चमकीले लाल रंग का स्पेस सूट; या फिर कह सकते हैं कि स्पेस सूट-सी दिखने वाली पोशाक; पहने हुए थे। ऊपर से हेलमेट और गॉगल्स लगा लेने से उनका पहनावा पूर्ण हो गया था। वे पूरी ख़ामोशी के साथ अपने कार्यों में लगे हुए थे। उन्हें देखकर, चार्ली को अजीब-से ख़तरे का अहसास हो रहा था। इसी पूरी चीज़ के बारे में कुछ ख़तरनाक था। ऐसा लग रहा था कि मानो ऊंपा-लूंपाओं को इस ख़तरे का पूरा अंदाज़ा भी था। कोई भी बकबक नहीं कर रहा था। गाना-बजाना भी नहीं हो रहा था। बस,

सब उस विशाल काले कैमरे के आगे-पीछे अपनी सुर्ख़ लाल रंग के स्पेस सूट में आहिस्ता-आहिस्ता और सावधानी के साथ चल रहे थे।

कक्ष के दूसरे कोने में यानी कैमरे से लगभग पचास क़दम की दूरी पर सिर्फ़ एक ऊंपा-लूंपा (स्पेस सूट पहने हुए) एक काले रंग की मेज़ पर बैठा हुआ था। वह एक बहुत ही बड़ी टेलीविज़न स्क्रीन को टकटकी बाँधकर देख रहा था।

"ये रहा!" मिस्टर वोंका ने उत्साह से ऊपर-नीचे फुदकते हुए कहा। "यह प्रशिक्षण कक्ष है, जहाँ मेरे नवीनतम और सबसे महान आविष्कार का प्रशिक्षण चल रहा है; टेलीविज़न चॉकलेट।"

"लेकिन टेलीविज़न चॉकलेट है क्या?" माइक टीवी ने कहा।

"हे भगवान, बच्चे, मुझे टोकना बंद करो!" मिस्टर वोंका ने कहा। "यह टेलीविज़न के ज़रिये काम करता है। मुझे खुद टेलीविज़न पसंद नहीं है। मुझे लगता है कि इसे थोड़ा बहुत तो फिर भी देखा जा सकता है, लेकिन ऐसा

नहीं लगता कि बच्चे थोड़ा बहुत देख कर संतुष्ट हो पाते हैं। वे चाहते हैं कि वे पूरे दिन स्क्रीन को देखते ही चले जाएँ...”

“वह मैं हूँ!” माइक टीवी ने कहा।

“चुप रहो!” मिस्टर टीवी ने कहा।

“धन्यवाद,” मिस्टर वोंका ने कहा। “मैं अब आपको यह बताऊँगा कि यह टेलीविज़न कितना अद्भुत है। लेकिन सबसे पहले, क्या आप जानते हैं कि साधारण टेलीविज़न किस प्रकार काम करता है? यह बहुत ही सरल है। होता यह है कि एक छोर पर तसवीर खींची जाती है, यानी एक बड़ा सिने कैमरा होता है, जिससे किसी चीज़ की तसवीर खींची जाती है। फिर क्या, उस तसवीर को लाखों छोटे-छोटे टुकड़ों में बाँट दिया जाता है। वास्तव में वे इतने बारीक होते हैं कि उन्हें देखा तक नहीं सकता। इसके बाद इन बारीक टुकड़ों को आसमान में इलेक्ट्रिसिटी के माध्यम से भेज दिया जाता है। एक बार आकाश में पहुँच जाने के बाद यह टुकड़े सनसनाते हुए चारों ओर घूमते रहते हैं, जब तक कि यह किसी के घर की छत पर एंटीना से अचानक टकरा नहीं जाएँ। फिर वह तार से प्रवाहित होते हुए सीधे टेलीविज़न सेट के पीछे पहुँच जाते हैं। इसके बाद उन्हें वहाँ हिलाया-डुलाया जाता है, जब तक कि ये लाखों-करोड़ों टुकड़े वापस सही जगह पर फ़िट नहीं हो जाएँ (बिलकुल एक जिगसॉ पज़ल) की तरह। और फिर! फ़ोटोग्राफ़ स्क्रीन पर उभर आता है...”

“यह इस तरह काम नहीं करता है,” माइक टीवी ने कहा।

"मुझे बाएँ कान से ठीक से सुनाई नहीं पड़ता," मिस्टर वोंका ने कहा। "अगर मैं तुम्हारी हर बात ना सुन पाऊँ तो तुम्हें मुझे माफ़ कर देना चाहिए।"

"मैंने कहा कि यह इस तरह काम नहीं करता है!" माइक टीवी ने चिल्लाते हुए कहा।

"तुम एक अच्छे लड़के हो," मिस्टर वोंका ने कहा, "लेकिन तुम बहुत ज़्यादा बात करते हो। ख़ैर! जब मैंने पहली बार एक साधारण टेलीविज़न को काम करते हुए देखा, तो मेरे मन में एक ज़बरदस्त आइडिया आया। "ज़रा देखो!" मैंने चिल्लाते हुए कहा। "अगर ये लोग एक फ़ोटोग्राफ़ को लाखों टुकड़ों में तोड़कर हवा में सनसनाते हुए भेज सकते हैं और दूसरे छोर पर इसे एक साथ जोड़ सकते हैं, तो मैं ऐसा चॉकलेट बार के साथ क्यों नहीं कर सकता? क्यों नहीं मैं एक असली चॉकलेट बार को हवा में बारीक-बारीक टुकड़ों में भेजकर और फिर दूसरी छोर पर उन टुकड़ों को जोड़ सकता हूँ, जो खाने के लिए बिलकुल तैयार हो?"

"असंभव!" माइक टीवी ने कहा।

"तुम ऐसा सोचते हो?" मिस्टर वोंका ने कहा। "ख़ैर, इसे देखो! मैं अभी अपने सबसे अच्छे चॉकलेट बार को कमरे के एक छोर से दूसरे छोर तक भेजूँगा; वह भी टेलीविज़न के जरिये। तैयार हो जाओ! चॉकलेट लेकर आओ!"

फ़ौरन छह ऊंपा-लूंपाओं ने एक विशाल चॉकलेट बार को अपने कंधों पर रखते हुए आगे बढ़ना शुरू कर दिया। चार्ली ने कभी अपनी ज़िंदगी में इतना बड़ा चॉकलेट बार नहीं देखा था। उसका आकार लगभग उस गद्दे जितना था, जिस पर वह सोता था।

"इसे बड़ा होना ही है," मिस्टर वोंका ने समझाया, "क्योंकि जब अभी आप टेलीविज़न के माध्यम से कुछ भेजते हैं, वह भेजे जाने से पहले के मुक़ाबले बहुत छोटा होकर बाहर आता है। यहाँ तक कि साधारण टेलीविज़न में भी जब एक बड़े आदमी के फ़ोटोग्राफ़ को भेजा जाता है तो दूसरी तरफ़ स्क्रीन पर आपको वह एक पेंसिल से ज़्यादा लंबा नज़र नहीं आता, है ना? तो चलिए शुरू करते हैं! तैयार हो जाएँ! नहीं, नहीं! सब कुछ रोक दो! तुम वहाँ! माइक टीवी! पीछे खड़े रहो! तुम कैमरे के बहुत नज़दीक हो! उस चीज़

से बहुत ख़तरनाक किरणें आ रही हैं! वह तुम्हें एक सेकेंड में लाखों बारीक टुकड़ों में तोड़ सकती हैं! इसलिए तो ऊंपा-लूंपाओं ने स्पेस सूट पहना हुआ है। यह सूट उन्हें सुरक्षित रखता है! ठीक है! यह बेहतर है! हाँ, तो अब! स्विच ऑन करो!"

एक ऊंपा-लूंपा ने एक बड़ा स्विच पकड़ा और उसे नीचे खींचा।

अचानक से आँखों को चौंधियाँ देने वाली चमक हुई।

"चॉकलेट जा चुकी है," ग्रेंडपा 'जो' ने हाथों को लहराते हुए और चिल्लाते हुए कहा।

वह सही थे। विशाल चॉकलेट बार पूरी तरह से हवा में ग़ायब हो चुका था।

"वह रास्ते में है!" मिस्टर वोंका ने कहा। "वह अभी हमारे सिरों के ऊपर हवा में लाखों टुकड़ों में बह रही है। जल्दी! इधर आओ! उन्होंने कमरे के दूसरे छोर की तरफ़ दौड़ लगा दी, जहाँ एक बड़ा टेलीविज़न सेट रखा हुआ था। बाक़ी लोग पीछे-पीछे दौड़ पड़े, "स्क्रीन की तरफ़ देखो!" उन्होंने कहा। "यह आ गई, वह! देखो!"

स्क्रीन पर कुछ हलचल-सी हुई और वह चालू हो गई। फिर अचानक, चॉकलेट का एक छोटा बार स्क्रीन के बीचों-बीच प्रकट हो गया।

"ले लो," मिस्टर वोंका ने चिल्लाते हुए कहा। उनका उत्साह था कि बढ़ता ही जा रहा था।

"आप इसे कैसे ले सकते हैं?" माइक टीवी ने हँसते हुए पूछा। "यह तो टेलीविज़न पर एक तसवीर मात्र है!"

"चार्ली बकेट!" मिस्टर वोंका ने कहा। "तुम इसे ले लो! हाथ आगे बढ़ाओ और झपट लो!"

चार्ली ने अपना हाथ आगे बढ़ाया और स्क्रीन को छुआ। अचानक चमत्कारिक ढंग से चॉकलेट बार उसकी अँगुलियों में आ गया। फलस्वरूप वह इतना आश्चर्यचकित हो गया कि वह चॉकलेट बार उसके हाथों से लगभग छूट ही गया।

"खाओ उसे," मिस्टर वोंका ने चिल्लाते हुए कहा। "आगे बढ़ो और खाओ उसे! यह बहुत स्वादिष्ट है! यह वही चॉकलेट बार है! बस, सिर्फ़ सफ़र के दौरान इसका आकार कम हो गया है।"

"यह बहुत ही शानदार है," ग्रैंडपा 'जो' ने साँस भरते हुए कहा। "यह...यह...यह एक चमत्कार है!"

"ज़रा सोचिए," मिस्टर वोंका ने कहा, "जब मैं इसका इस्तेमाल पूरे देश में करना शुरू करूँगा... आप अपने घर पर बैठकर टेलीविज़न देख रहे होंगे और अचानक आपके स्क्रीन पर एक विज्ञापन आएगा। और एक आवाज़ कहेगी, **'वोंका की चॉकलेट खाइए! वे दुनिया की सबसे बढ़िया चॉकलेट हैं! अगर आपको हमारी बात का यक़ीन नहीं है तो खुद खा कर देख लीजिए; अभी।'** और आपको सिर्फ़ इतना करना होगा कि अपना हाथ आगे बढ़ाना होगा और एक चॉकलेट उठानी होगी! कैसा रहेगा, हाँ?"

"ज़बरदस्त!" ग्रैंडपा 'जो' ने कहा। "यह तो पूरी दुनिया को बदल देगा।"

27

माइक टीवी को टेलीविज़न द्वारा भेजा गया

चॉकलेट बार को टेलीविज़न द्वारा भेजे जाने पर माइक टीवी, ग्रैंडपा 'जो' से ज़्यादा उत्साहित हो उठा। "लेकिन मिस्टर वोंका," उसने चिल्लाते हुए कहा, "क्या आप दूसरी चीज़ों को भी इसी प्रकार हवा के माध्यम से भेज सकते हैं? उदाहरण के लिए, ब्रेकफ़ास्ट सीरियल (संसाधित अनाज से बना पारंपरिक नाश्ता)?"

"हे भगवान!" मिस्टर वोंका ने कहा। "मेरे सामने उस घिनौनी चीज़ का ज़िक्र तक मत करो! क्या तुम्हें पता है कि ब्रेकफ़ास्ट सीरियल किस चीज़ से बनता है? पेंसिल शार्पनर में पाए जाने वाली घुमावदार लकड़ी की छीलन से!"

"लेकिन अगर आप चाहें तो आप उसे टेलीविज़न से भेज सकते हैं, उसी प्रकार जैसे आप चॉकलेट भेजते हैं?" माइक टीवी ने पूछा।

"बेशक, मैं कर सकता हूँ।" मिस्टर वोंका ने कहा।

"और लोगों का क्या?" माइक टीवी ने पूछा। "क्या आप एक ज़िंदा व्यक्ति को भी इसी प्रकार एक जगह से दूसरी जगह भेज सकते हैं?"

"एक व्यक्ति को!" मिस्टर वोंका ने कहा। "क्या तुम्हारा दिमाग़ खिसक गया है?"

"लेकिन क्या ऐसा किया जा सकता है?"

"हे भगवान! बच्चे, मुझे वाकई नहीं जानता... मुझे लगता है कि ऐसा हो सकता है... हाँ। मुझे काफ़ी हद तक यक़ीन है कि यह भेज पाएगा... बेशक यह भेज पाएगा... हालाँकि मैं ऐसा कोई ख़तरा लेना नहीं चाहूँगा... इसके बहुत बुरे परिणाम आ सकते हैं..."

लेकिन माइक टीवी वहाँ से जा चुका था और दौड़ रहा था। जैसे ही उसने मिस्टर वोंका को यह कहते हुए सुना, "मुझे काफ़ी हद तक यक़ीन है कि यह भेज पाएगा... बेशक यह भेज पाएगा," वह मुड़ गया था और उसने जितनी हो सके उतनी तेज़ी के साथ कक्ष के दूसरी छोर की ओर भागना शुरू कर दिया था, जहाँ वह विशाल कैमरा रखा था। "मुझे देखो!" वह दौड़ते-दौड़ते ही चिल्लाते हुए बोला। "मैं दुनिया का पहला व्यक्ति होने वाला हूँ, जिसे टेलीविज़न से भेजा जाएगा।"

"नहीं, नहीं, नहीं, नहीं!" मिस्टर वोंका ने चिल्लाते हुए कहा।

"माइक," मिसेज़ टीवी ने चीख़ते हुए कहा। "रुक जाओ, वापस आओ! तुम लाखों बारीक टुकड़ों में बदल दिए जाओगे!"

लेकिन माइक टीवी को कोई भी रोकने वाला नहीं था। वह झक्की लड़का भागता हुआ जा रहा था, और जब वह उस विशाल कैमरे के पास पहुँचा, वह सीधा उस स्विच की ओर लपका। आस-पास खड़े ऊंपा-लूंपा तितर-बितर हो गए।

"अलविदा!" उसने चिल्लाते हुए स्विच नीचे खींच दिया। और स्विच खींचते-खींचते ही वह उसके विशाल लेंस के प्रकाश के सामने कूद पड़ा।

आँखों को चौंधियाँ देने वाली रोशनी हुई।

फिर एक सन्नाटा छा गया।

उधर मिसेज़ टीवी दौड़ते हुए सामने आई... लेकिन वह कक्ष के बीच पहुँची ही थी कि ठिठक कर रुक गई... और वह वहाँ खड़ी रही... वह उस जगह पर टकटकी बाँधकर देख रही थी, जहाँ पर उसका बेटा खड़ा था... और उसका बड़ा लाल मुँह खुला के खुला रह गया और वह चिल्लाने लगी, "वह जा चुका है! वह जा चुका है!"

"हे भगवान! वह जा चुका है!" मिस्टर टीवी ने चीख़ते हुए कहा।

मिस्टर वोंका तेज़ी के साथ आगे आए और उन्होंने आहिस्ता से अपना हाथ मिसेज़ टीवी के कंधों पर रख दिया। "हमें अच्छे की उम्मीद रखनी चाहिए," उन्होंने कहा। "हमें प्रार्थना करनी चाहिए कि आपका प्यारा बेटा सही-सलामत दूसरी ओर निकल आए।"

"माइक," मिसेज़ टीवी ने चीख़ते हुए और अपना सिर अपने हाथों से पकड़ते हुए कहा। "तुम कहाँ हो?"

"मैं तुम्हें बताता हूँ, वह कहाँ है," मिस्टर टीवी ने कहा, "वह हमारे सिरों के ऊपर लाखों बारीक टुकड़ों में घूम रहा है!"

"ऐसी बात मत करो!" मिसेज़ टीवी ने विलाप करते हुए कहा।

"हमें टेलीविज़न सेट में देखना चाहिए," मिस्टर वोंका ने कहा। "वह कभी भी बाहर आ जाएगा।"

मिस्टर और मिसेज़ टीवी और ग्रैंडपा 'जो' और नन्हा चार्ली और मिस्टर वोंका सब-के-सब टेलीविज़न के आस-पास इकट्ठे हो गए और स्क्रीन की ओर टकटकी बाँध कर देखने लगे। फ़िलहाल स्क्रीन ख़ाली थी।

"वह बहुत ज़्यादा समय ले रहा है," मिस्टर टीवी ने अपनी भौंहों को पोंछते हुए कहा।

"ओह डियर, ओह डियर," मिस्टर वोंका ने कहा। "मैं उम्मीद करता हूँ कि उसका कोई हिस्सा पीछे नहीं छूट जाए।"

"आपका क्या मतलब है?" मिस्टर टीवी ने तीखे स्वर में कहा।

"मैं आपको डराना नहीं चाहता हूँ," मिस्टर वोंका ने कहा, "लेकिन कभी-कभी ऐसा हो जाता है कि केवल आधे टुकड़े ही टेलीविज़न सेट तक पहुँच पाते हैं। पिछले सप्ताह कुछ ऐसा ही हुआ था। मैं नहीं जानता हूँ कि ऐसा क्यों हुआ, लेकिन अंतिम नतीजा यह था कि केवल एक चॉकलेट बार ही बाहर आ पाया था।"

मिसेज़ टीवी डर के मारे ज़ोर से चीख़ उठी। "आपका मतलब है कि माइक टीवी आधा होकर वापस आएगा?" उन्होंने कहा।

"उम्मीद करो कि ऊपर का हिस्सा आए," मिस्टर टीवी ने कहा।

"ठहरो!" मिस्टर वोंका ने कहा। "स्क्रीन को देखो! कुछ हलचल हो रही है!"

स्क्रीन ने अचानक झिलमिलाना शुरू कर दिया था।

फिर अचानक कुछ टेढ़ी-मेढ़ी लकीरें दिखनी शुरू हो गईं।

मिस्टर वोंका ने एक नॉब को थोड़ा एडजस्ट किया और टेढ़ी-मेढ़ी लकीरें ग़ायब हो गई थीं।

और अब आहिस्ता-आहिस्ता स्क्रीन की चमक बढ़ती आ रही थी।

"लो, वह आ गया," मिस्टर वोंका ने चिल्लाकर कहा। "हाँ, वही है। ठीक है!"

"क्या वह पूरा साबुत है?" मिसेज़ टीवी ने कहा।

"मैं कुछ पक्का नहीं कह सकता हूँ," मिस्टर वोंका ने कहा। "अभी कुछ कहना जल्दबाज़ी होगी।"

शुरुआत में धुँधली-धुँधली छवि नज़र आ रही थी। लेकिन फिर वह हर बीतते पल के साथ स्पष्ट होती जा रही थी। अंत में माइक टीवी की पूरी तसवीर स्क्रीन पर स्पष्ट उभर आई। वह दर्शकों को देखकर हाथ हिला रहा था। उसके चेहरे पर मुस्कान बिखर आई थी, जो एक कान से दूसरे कान तक फैली हुई थी।

"लेकिन वह तो बौना है!" मिस्टर टीवी ने चीख़ते हुए कहा।

"माइक," मिसेज़ टीवी ने कहा, "क्या तुम ठीक हो? तुम्हारा कोई टुकड़ा ग़ायब तो नहीं है?"

"क्या अब वह बड़ा नहीं होगा?" मिस्टर टीवी ने चीख़ते हुए कहा।

"मुझसे बात करो, माइक!" मिसेज़ टीवी ने कहा। "मुझसे कुछ कहो! मुझे बताओ कि तुम ठीक-ठाक हो!"

तभी टेलीविज़न से एक बड़ी महीन आवाज़ आई, जो किसी चूहे की चूँ-चूँ की आवाज़ से ज़्यादा नहीं होगी। "हाय, मम!" आवाज़ ने कहा। "हाय, पॉप! देखो मुझे! मैं दुनिया का पहला व्यक्ति हूँ, जिसे टेलीविज़न से भेजा गया है!"

"उसे पकड़ लो!" मिस्टर वोंका ने आदेश देते हुए कहा। "जल्दी!"

मिसेज़ टीवी ने तेज़ी के साथ अपना हाथ आगे बढ़ाया और माइक टीवी की नन्ही आकृति को झट से स्क्रीन के बाहर निकाल लिया।

"हुर्रे!" मिस्टर वोंका ने कहा। "वह अभी भी पूरा साबुत है! उसे कोई नुक़सान नहीं हुआ है!"

"आप कह रहे हैं कि कोई नुक़सान नहीं हुआ है," मिसेज़ टीवी ने भड़कते हुए कहा। वह अपनी हथेली पर छोटे बिंदु के आकार के एक लड़के को हवा में अपनी पिस्तौल लहराते हुए इधर से उधर भागते हुए ताक रही थी।

वास्तव में वह एक इंच से ज़्यादा लंबा नहीं था।

"वह सिकुड़ गया है," मिस्टर टीवी ने कहा।

"बेशक, वह सिकुड़ गया है," मिस्टर वोंका ने कहा। "आप क्या उम्मीद कर रहे थे?"

"यह बहुत बुरा हुआ है!" मिसेज़ टीवी ने विलाप करते हुए कहा। "अब हम क्या करेंगे?"

और मिस्टर टीवी ने कहा, "अब हम इसे वापस स्कूल नहीं भेज पाएँगे! वह कुचला जाएगा। वह मसल दिया जाएगा!"

"वह अब कुछ भी नहीं कर पाएगा!" मिसेज़ टीवी ने कहा।

"ओह, हाँ, मैं करूँगा!" माइक टीवी की चूँ-चूँ करती हुई महीन आवाज़ आई। "मैं टीवी तो फिर भी देख ही पाऊँगा!"

"कभी नहीं!" मिस्टर टीवी ने चिल्लाते हुए कहा। "जैसे ही हम घर पहुँचेंगे, मैं टेलीविज़न सेट को खिड़की के बाहर फेंक देने वाला हूँ। बहुत हो गया टेलीविज़न!"

यह सुनते ही माइक टीवी बहुत बुरी तरह से भड़क उठा। उसने अपनी माँ की हथेलियों पर ही उछलना-कूदना शुरू कर दिया। वह चिल्लाचोट मचा रहा था और उनकी अँगुलियों को काटने की कोशिश कर रहा था। "मुझे टेलीविज़न देखना है," उसने चूँ-चूँ करते हुए कहा। "मुझे टेलीविज़न देखना है! मुझे टेलीविज़न देखना है! मुझे टेलीविज़न देखना है!"

"लाओ, उसे मुझे दे दो!" मिस्टर टीवी ने कहा। इतना कहते हुए उन्होंने उस छोटे लड़के को उठाया और अपनी जैकेट की ऊपर वाली जेब में धकेलते हुए डाल दिया। फिर उन्होंने जेब के ऊपर एक रूमाल ठूँस दिया। उधर जेब के अंदर से चीख़ने और चिल्लाने की आवाज़ें आने लगीं। आक्रोश से भरे नन्हे क़ैदी के बाहर निकलने के संघर्ष से उनकी जेब हिलने लगी।

"ओह, मिस्टर वोंका," मिसेज़ टीवी ने ऊँची आवाज़ में रोते हुए कहा, "हम उसे वापस बड़ा कैसे कर पाएँगे?"

"ख़ैर," मिस्टर वोंका ने अपनी दाढ़ी को सहलाते हुए और छत की ओर विचारपूर्वक देखते हुए कहा, "मैं कहना चाहूँगा कि यह ज़रा पेचीदा है। लेकिन छोटे लड़के काफ़ी लचीले और लोचदार होते हैं। उन्हें आप कितना भी खींच सकते हैं। मेरे पास एक ख़ास मशीन है, जिसमें हम च्युइंग गम के लचीलेपन की जाँच करते हैं। तो हम उसे उस मशीन में डाल देंगे! हो सकता है कि यह उसे वापस उसे पहले जैसा बना दे।"

"ओह, थैंक यू!" मिसेज़ टीवी ने कहा।

"इसकी ज़रूरत नहीं है, डियर लेडी।"

"आपको क्या लगता है कि वह खिंच कर कितना लंबा हो पाएगा?" मिस्टर टीवी ने कहा।

"शायद मीलों लंबा," मिस्टर वोंका ने कहा। "कौन जानता है? लेकिन वह बहुत ज़्यादा दुबला हो जाने वाला है। जब आप किसी भी चीज़ को खींचते हो तो वह पतली हो जाती है।"

"आपका मतलब है च्युइंग गम की तरह?" मिस्टर टीवी ने पूछा।

"बिलकुल।"

"वह कितना दुबला हो जाएगा?" मिसेज़ टीवी ने पूछा।

"मुझे कोई अंदाज़ नहीं है," मिस्टर वोंका ने कहा। "और वाकई वैसे भी इससे कोई फ़र्क़ नहीं पड़ता। क्योंकि हम उसे फिर से मोटा-ताज़ा कर देंगे। बस, हमें उसे मेरा लाजवाब सुपर-विटामिन चॉकलेट का ट्रिपल ओवरडोज़ खिलाना होगा। सुपर-विटामिन चॉकलेट में भारी मात्रा में विटामिन ए और विटामिन बी मौजूद हैं। इसमें विटामिन सी, विटामिन डी, विटामिन ई, विटामिन एफ़, विटामिन जी, विटामिन आई, विटामिन जे, विटामिन के, विटामिन एल, विटामिन एम, विटामिन एन, विटामिन ओ, विटामिन पी, विटामिन क्यू, विटामिन आर, विटामिन टी, विटामिन यू, विटामिन वी, विटामिन डब्ल्यू, विटामिन एक्स, विटामिन वाई, और, चाहे आप मानें या ना मानें, विटामिन ज़ेड शामिल हैं! इसमें जो दो विटामिन नहीं हैं, वे हैं विटामिन एस; क्योंकि यह आपको 'सिक' यानी बीमार कर देता है; और विटामिन एच; क्योंकि इसकी वजह से आपके सिर पर किसी साँड की तरह 'हॉर्न'

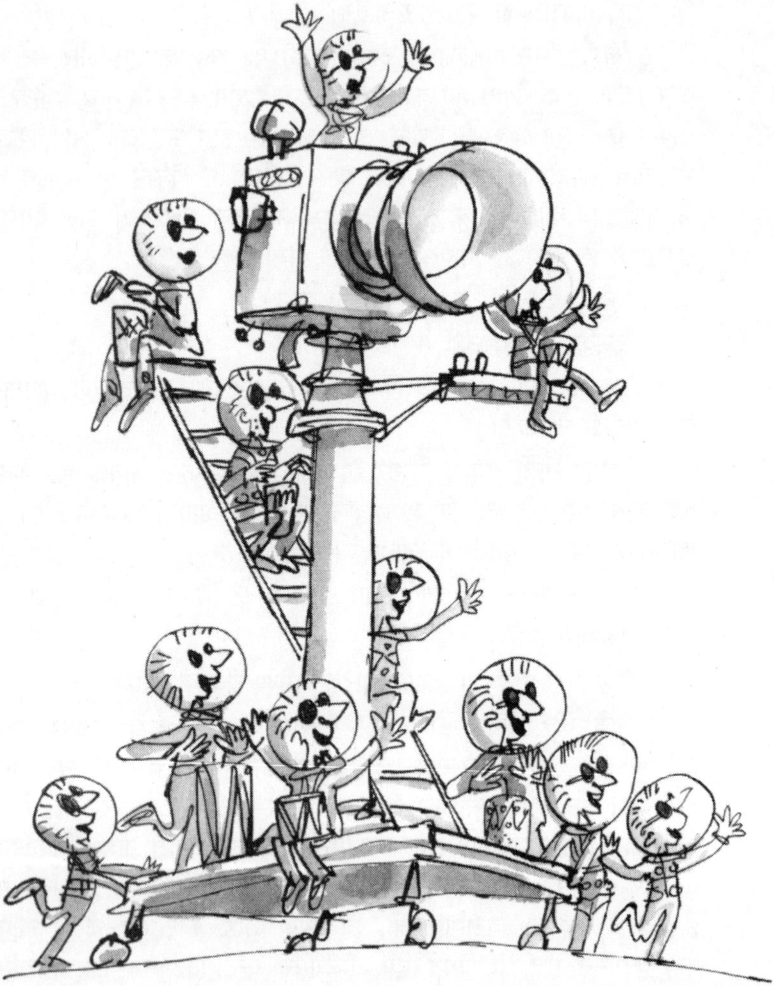

यानी सींग ऊग आते हैं। लेकिन इसमें बहुत कम मात्रा में सबसे दुर्लभ और सबसे जादुई विटामिन भी है; वह है विटामिन वोंका।"

"और वह विटामिन उस पर क्या असर करेगा?" मिस्टर टीवी ने थोड़ा व्यग्र होते हुए पूछा।

"यह उसके पैर की अँगुलियों को बड़ा कर देगा, जब तक कि वे उसके हाथों की अँगुलियाँ के बराबर नहीं हो जाती..."

"ओह, नहीं!" मिसेज़ टीवी ने कहा।

"पागल मत बनो," मिस्टर वोंका ने कहा। "यह बहुत उपयोगी है। वह अपने पैरों से पियानो भी बजा सकेगा।"

"लेकिन मिस्टर वोंका..."

"बहस नहीं, प्लीज़," मिस्टर वोंका ने कहा। फिर वह मुड़े और उन्होंने हवा में तीन बार अपनी अँगुलियों से चुटकी बजाई। एक ऊंपा-लूंपा फ़ौरन हाज़िर हो गया और उनके बगल में खड़ा हो गया। "आदेशों का पालन करो," मिस्टर वोंका ने उस ऊंपा-लूंपा को काग़ज़ का एक टुकड़ा थमाते हुए कहा। उन्होंने उस काग़ज़ के टुकड़े पर सारे निर्देश लिख दिए थे। "और तुम्हें वह लड़का उसके पिता की जेब में मिलेगा। जाओ! गुड बाय, मिस्टर टीवी! गुड बाय, मिसेज़ टीवी! और कृपया चिंतित नहीं दिखें! वे सब-के-सब वॉशिंग मशीन में बाहर आ जाते हैं, आपको पता है; उनमें से हर कोई..."

उधर कक्ष के एक छोर पर दैत्यनुमा कैमरे के इर्द-गिर्द ऊंपा-लूंपाओं ने अपने छोटे-छोटे ड्रमों को बजाना शुरू भी कर दिया था। सभी ने लय के साथ उछलना-कूदना शुरू कर दिया था।

"लो वह फिर शुरू हो गए!" मिस्टर वोंका ने कहा। "खेद है, लेकिन आप उन्हें गाना गाने से नहीं रोक सकते।"

नन्हे चार्ली ने ग्रैंडपा 'जो' का हाथ पकड़ लिया। वे दोनों मिस्टर वोंका के बगल में उस लंबे प्रकाशमय कमरे के बीचों-बीच खड़े थे, और ऊंपा-लूंपाओं का गीत सुन रहे थे। और उन्होंने यह गाया :

"हमने जो सबसे महत्त्वपूर्ण चीज़ सीखी है,
जहाँ तक बच्चों का सवाल है,
कि कभी भी उन्हें,

अपने टेलीविज़न सेट के नज़दीक जाने **नहीं** *दें;*
या उससे भी बेहतर तो यह होगा,
कि आप उस बकवास चीज़ को घर में लगाएँ ही नहीं।
लगभग हर घर में, जहाँ हम गए हैं,
हमने उन्हें स्क्रीन को मुँह खोलकर ताकते हुए देखा है,
वे पूरा दिन आलसियों की तरह समय बर्बाद करते हैं,
और उसे तब तक घूरते रहते हैं, जब तक उनकी आँखें बाहर नहीं आ जातीं।
(पिछले सप्ताह हमने किसी के घर में देखा,
लगभग एक दर्जन आँखें फ़र्श पर पड़ी थीं।)
वे बैठते हैं और घूरते हैं, वे घूरते हैं और बैठते हैं,
जब तक वे उससे पूरी तरह से सम्मोहित नहीं हो जाते हैं,
जब तक उस भयानक घिनौने कचरे का नशा
उन्हें पूरी तरह से नहीं चढ़ जाता।
ओह हाँ, हम यह जानते हैं कि यह उन्हें स्थिर रखता है,
नतीजतन वे खिड़की की दहलीज़ पर नहीं चढ़ते हैं,
वे लड़ते नहीं हैं, लात और घूँसे नहीं चलाते हैं,
वे आपको चैन से खाना बनाने,
और सिंक में बर्तन धोने का मौक़ा देते हैं;
लेकिन क्या आपने कभी ठहर कर सोचा है,
विचार किया है कि आख़िर यह
आपके प्यारे बच्चे के साथ, क्या करता है?
यह उनके दिमाग़ की सारी समझ को सड़ा देता है!
यह उनकी कल्पना-शक्ति को मार डालता है!
यह उनकी बुद्धि में चीज़ों को ठूँस देता है!
यह एक बच्चे को इतना जड़-बुद्धि और अंधा बना देता है
कि वह कल्पना को, परियों के देश की बातों को,
समझने लायक़ ही नहीं रहता!

उनका मस्तिष्क पनीर की तरह
नर्म पड़ जाता है!
उसके सोचने की शक्ति में जंग लग जाती है
और वह जम जाती है।
वह सोच नहीं सकता; वह केवल देख पाता है।
"ठीक है!" आप कहेंगे। "ठीक है!" आप कहेंगे।
"लेकिन अगर हम उस सेट को हटा लें,
तो हम अपने प्यारे बच्चों का,
मनोरंजन कैसे करेंगे! कृपया समझाएँ!"
इसके जवाब में हम आपसे यह पूछेंगे,
"प्यारे बच्चे तब क्या किया करते थे?
वे अपने आपको किस तरह से संतुष्ट रखते थे,
जब इस राक्षस का आविष्कार नहीं हुआ था?
क्या आप भूल गए हैं? क्या आपको पता नहीं है?
हम इसे ऊँचे स्वर में और धीमी गति से कहेंगे :
वह...पढ़ा...करते थे!
वह पढ़ा करते थे, *और* **पढ़ा करते थे,**
पढ़ा करते थे, *और* **पढ़ा करते थे,** *और फिर*
और **पढ़ा करते थे।** *हे भगवान!*
उनका आधा जीवन पढ़ते हुए गुज़रता था!
बच्चों के कमरों की अलमारियों में किताबें भरीं रहती थीं!
और उनके फ़र्श पर किताबें बिखरी रहती थीं!
और बेडरूम में, पलंग के पास,
पढ़े जाने का इंतज़ार करते हुए किताबें होती थीं!
उनमें चमत्कारों से भरे, बढ़िया, और शानदार किस्से होते थे,
ड्रेगन, जिप्सी, रानियों, और बड़ी मछलियों के बारे में,
ख़ज़ानों से भरे द्वीपों, और दूरस्थ तटों के संबंध में,
जहाँ तस्कर दबी आवाज़ में चप्पू चलाते थे,

और समुद्री डाकू बैंगनी रंग का पतलून पहनते थे,
और समुद्र में चलते जहाजों, और हाथियों के बारे में,
और किसी बर्तन के इर्द-गिर्द बैठे नरभक्षियों के बारे में,
जो किसी गर्म चीज़ में कड़छी हिला रहे होते हैं,
(वह इतनी अच्छी सुगंध देता है, वह क्या हो सकता है?
हे भगवान, वह एक पेनेलोप है।)
जो ज़्यादा छोटे होते थे, वे बीट्रिक्स पॉटर की किताबें पढ़ा करते थे,
जिसमें मिस्टर टॉड नाम के एक गंदे बदमाश का पात्र होता था,
नटकिन नाम की गिलहरी, और पिगलिंग ब्लैंड नाम का सूअर होता था,
और मिसेज़ टिग्गी-विंकल और –
और 'हाउ द कैमल गॉट हिज़ हंप,'
और 'हाउ द मंकी लॉस्ट हिज़ रंप,'
और मिस्टर टोड के बारे में, और हे भगवान,
मिस्टर रैट और मिस्टर मोल के बारे में;
ओह, किताबें, वे किस-किस तरह की किताबों के बारे में जानते थे,
वे जो पहले के समय के बच्चे थे!
सो प्लीज़, ओह प्लीज़, हम निवेदन करते हैं, प्रार्थना करते हैं,
जाओ, जाकर अपना टीवी फेंक दो,
और उसकी जगह एक प्यारी,
किताबों की अलमारी ले आओ,
फिर उसके खानों को किताबों से भर दो,
वे आँखें दिखाएँ तो भी नज़रअंदाज़ करो,
उनका चीख़ना, चिल्लाना, दाँत काटना और लात चलाना,
और बच्चों का आप पर डंडा चलाना,
डरो मत, क्योंकि हम यह वादा करते हैं,
कि एक या दो सप्ताह गुज़रते ही,
जब करने के लिए कुछ नहीं होगा,

उन्हें इस बात की ज़रूरत महसूस होगी
कि कुछ अच्छा पढ़ा जाए।
और जब वे एक बार शुरू कर देंगे; अरे वाह! अरे वाह!
आप उनके भीतर प्रसन्नता को बढ़ते हुए देखेंगे,
जो उनके दिलों को भर देगा। उन्हें इतना बढ़िया महसूस होगा
कि वे आश्चर्य करेंगे कि उन्होंने आख़िर क्या देखा था,
उस बकवास मशीन में,
उस घृणित, कलुषित और गंदी,
अरुचिकर टेलीविज़न स्क्रीन में।
और फिर बाद में, एक-एक बच्चा,
आपने जो किया उसके लिए आपको प्यार करेगा।
अनुलेख : माइक टीवी के संबंध में,
हमें इस बात का बहुत खेद है कि,
हमें सिर्फ़ इंतज़ार करना होगा और देखना होगा,
कि हम उसे उसकी लंबाई वापस दिला पाएँ,
लेकिन अगर हम ऐसा ना भी कर पाएँ; तो भी उसके लिए सही होगा।

28

केवल चार्ली बचा

“अब कौन-सा कमरा अगला होगा?” मिस्टर वोंका ने मुड़ते हुए और लिफ़्ट की ओर तेज़ी के साथ आगे बढ़ते हुए कहा। “चलो! जल्दी करो! हमें चलना चाहिए! और अब कितने बच्चे रह गए हैं।”

नन्हें चार्ली ने ग्रैंडपा ‘जो’ को देखा। ग्रैंडपा ‘जो’ ने वापस नन्हे चार्ली को देखा।

“लेकिन मिस्टर वोंका,” ग्रैंडपा ‘जो’ ने उन्हें आवाज़ देते हुए कहा, “अब... अब सिर्फ़ चार्ली बचा है।”

मिस्टर वोंका तेज़ी के साथ पीछे पलटे और उन्होंने चार्ली को घूर कर देखा।

एक ख़ामोशी पसर गई। चार्ली ने ग्रैंडपा ‘जो’ का हाथ कसकर पकड़ रखा था।

“तुम्हारा मतलब है कि अब सिर्फ़ तुम बचे हो,” मिस्टर वोंका ने कुछ इस तरह से पूछा कि मानो वह आश्चर्यचकित हो गए हैं।

“क्यों, हाँ,” चार्ली ने कहा। “हाँ।”

मिस्टर वोंका अचानक उत्साह से लबालब भर गए। “लेकिन मेरे प्यारे बच्चे,” उन्होंने उसी उत्साह पूर्वक कहा, “इसका मतलब की तुम जीत गए हो!” उन्होंने तेज़ी के साथ लिफ़्ट से बाहर आकार चार्ली का हाथ इतनी ज़ोर-ज़ोर से हिलाना शुरू कर दिया कि ऐसा लगने लगा कि उसका हाथ कंधों से अलग ही हो जाएगा। “ओह, मैं तुम्हें बधाई देता हूँ!” उन्होंने कहा। “वास्तव में, मैं तुम्हें बधाई देता हूँ!” उन्होंने कहा। “मैं बहुत खुश हूँ! इससे ज़्यादा कुछ बेहतर नहीं हो सकता है! वाकई कितना अद्भुत है! मुझे लग रहा था, जानते हो, मुझे शुरू से ही लग रहा था कि तुम ही जीतोगे! वेल डन, चार्ली, वेल डन! यह लाजवाब है! अब वास्तव में मज़ा शुरू होने वाला

है! लेकिन हमें धीरे-धीरे नहीं करना चाहिए! अब हमारे पास गँवाने के लिए पहले से भी कम समय है!

आज का दिन पूरा होने से पहले हमें बहुत सारे काम निपटाने हैं! ज़रा सोचो अभी कितनी सारी तैयारियाँ की जानी हैं! और कितने सारे लोगों को लेने जाना है! लेकिन ख़ुशक़िस्मती से हमारे पास बड़ी ग्लास लिफ़्ट है ताकि चीज़ें जल्दी-जल्दी की जा सकें! अंदर कूदो, मेरे प्यारे चार्ली, अंदर कूदो! आप भी, ग्रैंडपा 'जो,' सर! नहीं, नहीं, आपके बाद! वह रहा रास्ता! तो अब! अब इस बार कौन-सा बटन दबाना है, वह मैं चुनूँगा!" इतना कहते

हुए मिस्टर वोंका की चमकती टिमटिमाती हुई नीली आँखें क्षण भर के लिए चार्ली के चेहरे पर ठहर गईं।

ज़रूर कुछ बहुत ही अजीब चीज़ होने वाली है, चार्ली ने सोचा। लेकिन उसे डर नहीं लग रहा था। उसे घबराहट भी नहीं हो रही थी। वह बस बहुत ज़्यादा उत्साहित था। ग्रैंडपा 'जो' का भी यही हाल था। बूढ़े दादा का चेहरा उत्साह से चमक रहा था। वह मिस्टर वोंका की हर गतिविधि को देख रहे थे। मिस्टर वोंका ने अपना हाथ ऊपर लिफ़्ट की काँच की बनी छत पर मौजूद एक बटन को दबाने के लिए बढ़ाया। चार्ली और ग्रैंडपा 'जो' दोनों ने बटन के पास मौजूद लेबल पर क्या लिखा है, पढ़ने के लिए अपनी गर्दन तानी।

उस पर लिखा था...**अप ऐंड आउट** (यानी ऊपर और बाहर)।

"अप ऐंड आउट," चार्ली ने सोचा। "यह किस प्रकार का कमरा है?"

मिस्टर वोंका ने बटन दबाया। काँच के दरवाज़े बंद हो गए।

"ठहरो!" मिस्टर वोंका ने कहा।

तभी **धड़ाक** की आवाज़ हुई! लिफ़्ट किसी रॉकेट की तरह ऊपर की तरफ़ जाने लगी। "यिप्पी!" ग्रैंडपा 'जो' ने चिल्लाते हुए कहा। चार्ली ने ग्रैंडपा 'जो' की टाँगों को पकड़ रखा था। मिस्टर वोंका ने छत से लटक रहे एक स्ट्रैप को पकड़ रखा था। और वह ऊपर, और ऊपर जा रहे थे। इस बार वह सीधा ऊपर की दिशा में बढ़ रहे थे। अब लिफ़्ट ना ही घूम रही थी और ना ही मुड़ रही थी। और जैसे-जैसे लिफ़्ट की गति बढ़ रही थी, चार्ली को बाहर हवा की सनसनाती हुई आवाज़ आ रही थी। "यिप्पी!" ग्रैंडपा 'जो' ने एक बार फिर चिल्लाते हुए कहा। "यिप्पी! हम जा रहे हैं!"

"और तेज़!" मिस्टर वोंका ने अपने हाथों से लिफ़्ट की दीवार को पीटते हुए कहा। "और तेज़! और तेज़! अगर हम और तेज़ नहीं बढ़े, तो हम कभी काम निपटा नहीं पाएँगे!"

"क्या निपटाना है," ग्रैंडपा 'जो' ने चिल्लाते हुए कहा। "हमें कौन-सा काम निपटना है?"

"आह-हा!" मिस्टर वोंका ने कहा, "आप इंतज़ार करिए और देखिए! मैं वर्षों से इस बटन को दबाने के लिए तरस रहा था! लेकिन मैंने अब तक यह नहीं किया! कई बार मेरा मन ललचाया! ओह, हाँ, मेरा मन ललचाया!

लेकिन मैं अपनी फ़ैक्ट्री की छत में एक बड़ा सुराख़ करने का ख़याल भी बर्दाश्त नहीं कर पाता था! लो, हम चल रहे हैं, दोस्तों! अप ऐंड आउट!"

"लेकिन आपका मतलब यह तो नहीं..." ग्रैंडपा 'जो' ने चिल्लाते हुए कहा। "...आपका मतलब यह तो नहीं कि यह लिफ़्ट..."

"ओह हाँ, बिलकुल!" मिस्टर वोंका ने जवाब में कहा। "आप इंतज़ार करिए और देखिए। अप ऐंड आउट!"

"लेकिन... लेकिन... लेकिन... यह काँच की बनी हुई है," ग्रैंडपा 'जो' ने चिल्लाते हुए कहा। "इसके लाखों टुकड़े हो जाएँगे!"

"मुझे लगता है कि ऐसा हो सकता है," हमेशा की तरह हँसमुख मिस्टर वोंका ने कहा, "लेकिन यह काफ़ी मोटे काँच की बनी है।"

लिफ़्ट पूरे वेग के साथ ऊपर की ओर बढ़ती जा रही थी। तेज़, और तेज़।

और फिर अचानक, **धड़ाक!** उनके सिरों के ऊपर लकड़ी के किरच-किरच कर बिखरने और टाइलों के टूटने की भयंकर आवाज़ हुई। ग्रैंडपा 'जो' चिल्लाए, "बचाओ! हमारा अंत आ गया है! लगता है हमारा खेल ख़त्म! उधर मिस्टर वोंका ने कहा, "नहीं, नहीं हुआ! हम पार कर चुके हैं! हम बाहर निकल गए हैं!" वास्तव में लिफ़्ट फ़ैक्ट्री की छत को भेदती हुई सीधा आसमान की ओर बढ़ चुकी थी। और अब आकाश में रॉकेट की तरह बढ़ रही थी। सूरज की रोशनी काँच की छत से भीतर आ रही थी। पाँच सेकेंड में वह लिफ़्ट मुक्त गगन में एक हज़ार फ़ीट ऊपर तक पहुँच गई।

"लिफ़्ट बेलगाम हो गई है!" ग्रैंडपा 'जो' ने चिल्लाते हुए कहा।

"घबराएँ नहीं, माय डियर, सर," मिस्टर वोंका ने कहा, और उन्होंने एक और बटन दबा दिया। लिफ़्ट रुक गई। वह बीच हवा में ही थम गई, और किसी हेलिकॉप्टर की तरह चक्कर लगाने लगी। पहले फ़ैक्ट्री के ऊपर, और फिर उस शहर के ऊपर मँडराने लगा। नज़ारा कुछ ऐसा था कि नीचे फैला हुआ शहर किसी पोस्टकार्ड की तरह दिखाई पड़ रहा था! ग्लास डोर यानी काँच के दरवाज़े पर खड़ा चार्ली दूर तक फैले छोटे-छोटे घरों, और गलियों, और उन पर पड़ी बर्फ़ की मोटी परतों को देख पा रहा था। ऊँचे गगन में पारदर्शी काँच पर खड़े होने का यह अहसास बड़ा ही अजीब, और डरावना था। ऐसा लग रहा था कि आप किसी चीज़ पर खड़े ही नहीं हैं।

"क्या हम ठीक-ठाक हैं," ग्रैंडपा 'जो' ने कहा। "यह चीज़ ऊपर कैसे रहती है?"

"शुगर पॉवर!" मिस्टर वोंका ने कहा। "दस लाख यूनिट शुगर पॉवर! ओह, देखो," उन्होंने नीचे इशारा करते हुए कहा, "वहाँ दूसरे बच्चे जा रहे हैं! वे घर वापस लौट रहे हैं।"

29

बाक़ी बच्चे घर वापस लौटते हैं

"इससे पहले कि हम कुछ और करें, हमें नीचे चलना चाहिए और अपने नन्हे साथियों को देख लेना चाहिए," मिस्टर वोंका ने कहा। उन्होंने लिफ़्ट का दूसरा बटन दबाया। लिफ़्ट ज़मीन की तरफ़ नीचे आने लगी। कुछ ही पलों में लिफ़्ट एंट्रेंस गेट के ठीक ऊपर मँडरा रही थी।

चार्ली को नीचे बच्चे और उनके माँ-बाप को गेट के भीतर एक छोटे समूह में खड़े हुए नज़र आ रहे थे।

"मुझे सिर्फ़ तीन नज़र आ रहे हैं," उसने कहा। "कौन ग़ायब है?"

"मुझे लगता है कि माइक टीवी," मिस्टर वोंका ने कहा। "लेकिन वह भी जल्द ही आता होगा। क्या तुम वह ट्रक देख पा रहे हो?" मिस्टर वोंका ने पास में एक पंक्ति में खड़ी बड़ी-बड़ी वैनों की ओर इशारा करते हुए कहा।

"जी," चार्ली ने कहा। "वे किसलिए हैं?"

"तुम्हें याद नहीं कि गोल्डन टिकट पर क्या लिखा था? हर बच्चा अपने साथ घर इतनी मिठाइयाँ लेकर जाएगा, जिनका लुत्फ़ वह जीवन-भर उठाता रहेगा। हर किसी के लिए एक ट्रक भर कर मिठाइयाँ हैं। आह-हा," मिस्टर वोंका ने ज़ारी रखते हुए कहा। "वह रहा हमारा दोस्त, अगस्टस ग्लूप! क्या तुम उसे देख रहे हो? वह पहले ट्रक में अपने माता और पिता के साथ बैठ रहा है!"

"आपका मतलब है कि वह वास्तव में ठीक-ठाक है?" चार्ली ने आश्चर्यचकित होते हुए पूछा। "उस भयंकर पाइप से ऊपर जाने के बावजूद भी?"

"वह बिलकुल ठीक है," मिस्टर वोंका ने कहा।

"वह बदल गया है!" ग्रैंडपा 'जो' ने एलिवेटर के काँच के दरवाज़े से ताकते हुए कहा। "वह मोटा हुआ करता था, लेकिन अब वह तिनके की तरह सूख गया है!"

"बेशक वह बदल गया है," मिस्टर वोंका ने हँसते हुए कहा। "वह पाइप में निचोड़ा गया था। क्या आपको याद नहीं है? और वह देखो! वह रही मिस वायलेट बॉरेगार्ड, च्युइंग गम चबाने वाली महान लड़की! ऐसा लगता है कि वे आख़िरकार उससे जूस निकालने में कामयाब हो ही गए। मैं बहुत प्रसन्न हूँ। और वह कितनी स्वस्थ लग रही है! पहले से बहुत बेहतर!"

"लेकिन उसका चेहरा का रंग बैंगनी हुआ पड़ा है!" ग्रैंडपा 'जो' ने कहा।

"हाँ, वह तो है," मिस्टर वोंका ने कहा। "आह, खैर, हम उस संबंध में कुछ नहीं कर सकते।"

"हे भगवान!" चार्ली ने कहा। "ज़रा वेरुका सॉल्ट, और मिस्टर और मिसेज़ सॉल्ट, को देखिए! वे कचरे से ढँके हुए हैं!"

"और वह आया माइक टीवी!" ग्रैंडपा 'जो' ने कहा। "हे भगवान! उन्होंने उसके साथ क्या किया है? वह लगभग दस फ़ीट लंबा हो गया है और तार की तरह पतला दिख रहा है!"

"उन्होंने उसे च्युइंग गम खींचने वाली मशीन में ज़रा ज़्यादा खींच दिया है," मिस्टर वोंका ने कहा। "बहुत लापरवाह।"

'पर उसके लिए कितना बुरा हुआ," चार्ली ने कहा।

"बकवास," मिस्टर वोंका ने कहा, "वह बहुत खुशक़िस्मत है। देश की हर बास्केटबॉल टीम उसे अपने साथ शामिल करने का प्रयास करेगी। लेकिन अब," उन्होंने आगे कहा, "समय हो गया है कि हम इन चार मूर्ख बच्चों को जाने दें। मुझे तुमसे कुछ ज़रूरी बात करनी है, मेरे प्यारे चार्ली।" मिस्टर वोंका ने एक और बटन दबाया, और लिफ़्ट झटके के साथ ऊपर आसमान की ओर चल पड़ी।

30

चार्ली की चॉकलेट फ़ैक्ट्री

अब वह बड़ी ग्लास लिफ़्ट शहर के ऊपर मँडरा रही थी। भीतर मिस्टर वोंका, ग्रैंडपा 'जो' और नन्हा चार्ली खड़े थे।

"मैं अपनी चॉकलेट फ़ैक्ट्री से कितना प्यार करता हूँ," मिस्टर वोंका ने नीचे टकटकी बाँधकर देखते हुए कहा। यह कहकर वह थोड़ी देर के लिए ठहर गए। फिर वह मुड़े और उन्होंने अपने चेहरे पर गंभीर भाव लाते हुए चार्ली को देखा। "क्या तुम भी इसे प्यार करते हो, चार्ली?" उन्होंने पूछा।

"ओह, हाँ," चार्ली ने कहा, "मुझे लगता है कि यह दुनिया की सबसे प्यारी जगह है।"

"तुमसे यह बात सुनकर खुशी हुई," मिस्टर वोंका ने कहा। वह अब पहले से भी ज़्यादा गंभीर नज़र आ रहे थे। वह अब भी चार्ली को एकटक देखे जा रहे थे। "हाँ," उन्होंने कहा, "मैं वाकई तुमसे यह सुनकर बेहद खुश हूँ। और अब मैं तुम्हें बताऊँगा कि ऐसा क्यों है।" मिस्टर वोंका ने अपना सिर एक ओर तिरछा किया। सहसा ही मुस्कान की वजह से पैदा हुई झुर्रियाँ टिमटिमाती हुई उनकी आँखों के आसपास प्रकट हो गईं। उन्होंने कहा, "देखो, मेरे प्यारे बच्चे, मैंने तय किया है कि मैं यह पूरी जगह तुम्हें उपहार में दे दूँगा। जैसे ही तुम इतना बड़े हो जाओगे कि तुम इसे चला सको, यह पूरी फ़ैक्ट्री तुम्हारी हो जाएगी।"

चार्ली मिस्टर वोंका को टकटकी बाँधकर देखने लगा। ग्रैंडपा 'जो' ने कुछ बोलने के लिए मुँह खोला, लेकिन उनके मुँह से कोई शब्द नहीं फूटा।

"यह बिलकुल सच है," मिस्टर वोंका ने कहा। अब उनके चेहरे की मुस्कान और चौड़ी हो गई थी। "वाकई मैं इसे तुम्हें दे रहा हूँ। यह ठीक है ना?"

"उसे दे रहे हैं?" ग्रैंडपा 'जो' ने कहा। उनकी साँसें फूलने लगी थीं। "आप ज़रूर मज़ाक़ कर रहे हैं।"

"मैं मज़ाक नहीं कर रहा हूँ, सर। मैं वाकई गंभीर हूँ।"

"लेकिन...लेकिन...आप अपनी फ़ैक्ट्री छोटे-से चार्ली को क्यों देना चाहेंगे?"

"सुनिए," मिस्टर वोंका ने कहा, "मैं एक बूढ़ा व्यक्ति हूँ। आप जितना सोचते हैं, मैं उससे कहीं ज़्यादा बूढ़ा हूँ। मैं हमेशा तो काम करता हुआ नहीं रह सकता। मेरे खुद के कोई बच्चे नहीं हैं। ना ही मेरा कोई परिवार है। सो, जब मैं बहुत बूढ़ा हो जाऊँगा और इस फ़ैक्ट्री को नहीं चला पाऊँगा, तब इस फ़ैक्ट्री को कौन चलाएगा? किसी को तो इसे चलाना होगा; चाहे सिर्फ़ ऊंपा-लूंपाओं की ख़ातिर? ध्यान रहे, ऐसे हज़ारों चालाक लोग होंगे, जो सिर्फ़ यहाँ पर आने और मेरे बाद कार्यभार सँभालने का मौक़ा पाने के लिए कुछ भी देने के लिए तैयार हो जाएँगे। लेकिन मुझे कोई उम्र में बड़ा व्यक्ति चाहिए ही नहीं। एक बड़ा व्यक्ति मेरी बात सुनेगा ही नहीं। वह सीखेगा ही नहीं। वह अपने तरीक़े से काम करना चाहेगा ना कि मेरे। इसलिए मुझे एक बच्चा ही चाहिए। मुझे एक अच्छा समझदार बच्चा चाहिए, कोई ऐसा जिसे मैं मिठाइयाँ बनाने के अपने सारे बेशकीमती राज़ बता सकूँ; वह भी मेरे ज़िंदा रहते हुए।"

"तो इसलिए आपने गोल्डन टिकट ज़ारी किया था!" चार्ली ने कहा।

"बिलकुल!" मिस्टर वोंका ने कहा। "मैंने तय किया था कि मैं पाँच बच्चों को फ़ैक्ट्री में बुलाऊँगा। और दिन के अंत में जो मुझे सबसे ज़्यादा पसंद आएगा वह विजेता हो जाएगा!"

"लेकिन मिस्टर वोंका," ग्रैंडपा 'जो' ने हकलाते हुए कहा, "क्या आपका सच में मतलब है कि आप यह पूरी-की-पूरी विशाल फ़ैक्ट्री चार्ली को दे रहे हैं। आख़िरकार..."

"अब वाद-विवाद का कोई समय नहीं है!" मिस्टर वोंका ने कहा। "हमें तुरंत जाना चाहिए, और परिवार के बाक़ी लोगों को लाना चाहिए; चार्ली के माता और पिता, और जो कोई भी साथ हों! अब से वे सब फ़ैक्ट्री में रह सकते हैं! वे चार्ली को इसे चलाने में मदद कर सकते हैं, जब तक कि चार्ली खुद इतना बड़ा नहीं हो जाए कि वह खुद इसे कर पाए! तुम कहाँ रहते हो चार्ली?"

चार्ली ने काँच के फ़र्श से नीचे झाँकते हुए बर्फ़ से ढँके घरों को देखा। "वह वहाँ है," उसने इशारा करते हुए कहा। "वह शहर के किनारे पर छोटा-सा कॉटेज, वह छोटा-सा..."

"मैं देख रहा हूँ," मिस्टर वोंका ने कहा। फिर उन्होंने कुछ और बटन दबाए, और लिफ़्ट तेज़ी के साथ चार्ली के घर की तरफ़ बढ़ने लगी।

"मुझे डर है कि मेरी माँ हम लोगों के साथ नहीं आएँगी," चार्ली ने दुखी स्वर में कहा।

"क्यों नहीं?"

"क्योंकि वह ग्रैंडमा जोसफ़िन, ग्रैंडमा जॉर्जीना और ग्रैंडपा जॉर्ज को नहीं छोड़ेंगी।"

"लेकिन उन्हें भी साथ आना चाहिए।"

"वे नहीं आ सकते हैं," चार्ली ने कहा। "वे बहुत बूढ़े हैं, और पिछले बीस सालों से बिस्तर के बाहर ही नहीं निकले हैं।"

"तो फिर हम उन्हें बिस्तर समेत साथ में ले आएँगे," मिस्टर वोंका ने कहा। "इस लिफ़्ट में एक बिस्तर के लिए पर्याप्त जगह है।"

"आप उस बिस्तर को घर के बाहर नहीं लेकर जा पाएँगे," ग्रैंडपा 'जो' ने कहा। "वह दरवाज़े के बाहर नहीं निकल सकता।"

"आपको निराश नहीं होना चाहिए!" मिस्टर वोंका ने कहा। "कुछ भी असंभव नहीं है! आप देखते जाइए।"

लिफ़्ट अब बकेट परिवार के घर की छत के ऊपर मँडरा रही थी।

"आप क्या करने वाले हैं?" चार्ली ने कहा।

"मैं सीधे उन्हें लेने जाने वाला हूँ," मिस्टर वोंका ने कहा।

"कैसे?" ग्रैंडपा 'जो' ने पूछा।

"छत के रास्ते से," मिस्टर वोंका ने एक दूसरा बटन दबाते हुए कहा।

"नहीं!" चार्ली चिल्लाया।

"रुको!" ग्रैंडपा 'जो' चिल्लाए।

लेकिन ज़ोरदार **कड़ाक** की आवाज़ के साथ लिफ़्ट सीधे छत को फाड़ते हुए नीचे घर में बुजुर्गों के कमरे में पहुँच गई। पलंग पर लेटे हुए तीनों बुजुर्गों के ऊपर धूल, टूटी हुई टाइलें, लकड़ी के टुकड़े, तिलचट्टे, मकड़ियाँ,

ईंटें और सीमेंट बरसती हुई गिर पड़ीं। सबको लगा कि दुनिया का अंत ही आ गया है। ग्रैंडमा जॉर्जीना बेहोश हो गईं। ग्रैंडमा जोसफ़िन के नक़ली दाँत मुँह से गिर गए। ग्रैंडपा जॉर्ज ने अपना मुँह कंबल के नीचे छिपा लिया। और दूसरे कमरे से मिस्टर और मिसेज़ बकेट दौड़ते हुए पहुँच गए।

"हमें बचाओ!" ग्रैंडमा जोसफ़िन ने कहा।

"अपने आप को शांत करो, मेरी प्रिये!" ग्रैंडपा 'जो' ने लिफ़्ट से बाहर क़दम रखते हुए कहा। "सिर्फ़ हम हैं।"

"माँ!" चार्ली ने उत्साह से कहा, और दौड़ते हुए जाकर मिसेज़ बकेट के गले लग गया। "माँ! माँ! सुनो क्या हुआ! हम सब वापस मिस्टर वोंका की फ़ैक्ट्री में रहने जाने वाले हैं, और हम फ़ैक्ट्री चलाने में उनकी मदद करने वाले हैं, और उन्होंने सब मुझे दे दिया है, और... और... और... और..."

"तुम किस चीज़ के बारे में बात कर रहे हो?" मिसेज़ बकेट ने कहा।

"ज़रा हमारे घर को देखो!" बेचारे मिस्टर बकेट ने कहा। "यह खंडहर बन गया है।"

"माय डियर, सर," मिस्टर वोंका ने उछल कर आगे आते हुए और गर्मजोशी से मिस्टर बकेट का हाथ हिलाते हुए कहा। "मुझे आपसे मिलकर बहुत खुशी हुई। आपको अपने घर को लेकर चिंता नहीं करनी चाहिए। वैसे भी आज के बाद आपको इसकी ज़रूरत महसूस नहीं होने वाली है।"

"यह पागल इंसान कौन है?" ग्रैंडमा जोसफ़िन ने चिल्लाते हुए कहा। "यह हम सब को मार ही डालता।"

"यह," ग्रैंडपा 'जो' ने कहा, "खुद मिस्टर वोंका हैं।"

ग्रैंडपा 'जो' और चार्ली को सबको समझाने में काफी वक़्त लगा कि पूरे दिन उनके साथ क्या-क्या घटा। लेकिन फिर भी वे सब उनके साथ फ़ैक्ट्री में जाने के लिए राज़ी नहीं हुए।

"इससे तो बेहतर है कि मैं अपने बिस्तर पर ही मर जाऊँ," ग्रैंडमा जोसफ़िन ने कहा।

"मैं भी!" ग्रैंडमा जॉर्जीना ने कहा।

"मैं जाने से इंकार करता हूँ," ग्रैंडपा जॉर्ज ने कहा।

तो मिस्टर वोंका और ग्रैंडपा 'जो' और चार्ली ने उनकी चिल्लाचोट पर ध्यान ना देते हुए, चुपचाप उनके पलंग को लिफ़्ट में धकेलना शुरू कर

दिया। उन्होंने मिस्टर और मिसेज़ बकेट को भी धक्का देकर लिफ़्ट में घुसा दिया। फिर वह खुद उस लिफ़्ट में घुस गए। मिस्टर वोंका ने बटन दबाया। लिफ़्ट के दरवाज़े बंद हो गए। ग्रैंडमा जॉर्जीना चिल्लाने लगीं। उधर लिफ़्ट ने फ़र्श से ऊपर उठना शुरू कर दिया था। देखते-ही-देखते लिफ़्ट छत में बने छेद से निकलती हुई मुक्त गगन में पहुँच गई।

अब चार्ली पलंग पर चढ़ा और उसने दहशतज़दा तीनों बुज़ुर्गों को शांत करने की कोशिश की। "प्लीज़, घबराइए मत।" उसने कहा। "यह बिलकुल सुरक्षित है। और हम दुनिया की सबसे ख़ूबसूरत जगह जा रहे हैं!"

"चार्ली सही कह रहा है," ग्रैंडपा 'जो' ने कहा।

"जब हम वहाँ पहुँचेंगे तो क्या वहाँ खाने के लिए कुछ होगा?" ग्रैंडमा जोसफ़िन ने पूछा। "मैं भूख से मरी जा रही हूँ! पूरा परिवार भूख से मरा जा रहा है!"

"खाने के लिए कुछ होगा?" चार्ली ने हँसते हुए कहा। "आप सिर्फ़ इंतज़ार करिए और देखिए!"

अनुवादक के बारे में

पवनप्रीत सलूजा एक वरिष्ठ पत्रकार एवं एक अनुभवी अनुवादक हैं। चौदह वर्षों तक देश की प्रतिष्ठित समाचार एजेंसी यूनाइटेड न्यूज ऑफ़ इंडिया के भोपाल ब्यूरो में सेवाएं देने के बाद उन्होंने मुख्य उप-संपादक के पद से इस्तीफ़ा देकर मुंबई की एक प्रतिष्ठित प्रकाशन संस्था आत्मन इनोवेशंस में एक अनुवादक के तौर पर लगभग दो वर्षों तक कार्य किया। इसके बाद उन्होंने मंजुल पब्लिशिंग हाउस के साथ जुड़कर किताबों के अनुवाद का कार्य प्रारम्भ किया। वर्तमान में वे पुणे के प्रतिष्ठित समाचार पत्र 'पुणे मिरर' में मुख्य उप-संपादक के रूप में कार्यरत हैं।